星と脚光

新人俳優のマネジメントレポート

松澤くれは

講談社
タイガ

イラスト——冨士原良
デザイン——長崎綾（next door design）

目次

星と脚光

新人俳優のマネジメントレポート

「まゆりは、なんでマネージャーになったの？」

夢だ。

私は夢を見ている。

ここがどこかもわからない。

どこまでも広がる真っ白な空間に、するりと彼女は立っている。夢のなかだと知っていても、私は自由に動けない。

彼女はもう一度たずねる。

「まゆりは、なんでマネージャーになったの？」

長い後ろ髪がぶわっとなびいた。ふいに視界がセピアに染まる。古い映画を見ているようだ。

私は相変わらず何もできない。

わかっている。まだ今なら近づける。手を差し伸べられる。けれど私の足は三脚みたいに固定されて、彼女の定点観測を続けるだけ。あの子の運命を変えることはできないし、現実をやり直すこともできない。

夢の世界は私にとって、繰り返し再生される後悔の映像でしかない。

「まゆり……？」

「私は」

私は彼女に応《こた》える。

「誰かを、照らす人になりたかった」

言葉がせりあがって唇《くちびる》がひらく。私の意思には拘《かか》わらず、いつもきまって、同じアンサーを夢のなかで重ねてきた。

彼女は優しく微笑《ほほえ》みをかえす。

「うちは輝きたい。絶対スターになるけん」

両腕を大きくひらいて、上空を仰ぐ。見えない何かを摑《つか》もうと、ほそい指先をのばす。

「……そう思ってた。でもね、もう無理や」

遠くから風の音がきこえる。吹き上げるようにその音は迫ってくる。合図だ。夢が終わってしまう。目を背けたいのに、私はやっぱり、彼女を見据えたまま。

「真っ暗で、何も見えんのよ」

彼女の両眼から、涙が流れ落ちる。

「ねえ、まゆり」

彼女は私を真っすぐ見据えて、こう告げる。

「いつか、誰かをスポットライトで照らしてね」

それはいつかの、確かな約束。

もう果たされることのない約束を、夢のなかで、彼女は繰り返す。

声にならない叫びをあげた私の視界はその刹那《せつな》、暗転に襲われる。

★第一幕

1

目覚めたのは、アラームの鳴る二分前。

汗だくのキャミソールが気持ち悪い。動悸《どうき》のせいで、吐く息が小刻みに震える。

遮光カーテンの隙間《すきま》から、一筋の太陽光が私のおなかを切り裂くように走っていた。部屋のすぐそばを通る首都高では、こんな朝からトラックの走行音が絶え間ない。びゅおんびゅおんとタイヤが行き急いでいる。

手探りでサイドボードから眼鏡《めがね》をつかんだ。目に映るのは、いつもの私の部屋。

夢か……。代わり映えのしない殺風景な白壁に囲まれて、私は胸をなでおろす。

大切な日には、きまって夢を見る。それも必ず同じ悪夢。情景もセリフも登場人物も、すべて決められたシーン。頭のなかに録画されたその夢は、削除も上書きもできないいまま。

当たり前だ。まだあれから一年。私は私を赦《ゆる》していない。彼女のことは、忘れてしまいたいと思うことすら罪だと思う。

スマホを確認すると、天神《てんじん》社長からメールが入っていた。

『きっと見つかる。運命を信じましょ！』

雇用主とは思えないフランクさに笑ってしまう。私は『頑張ります』とだけ返信した。きっとじゃダメ、見つからなくては困る。運命なんてあるのかわからないけど、今日という日に私の命運がかかっているのは確かだった。

シャワーと歯磨《はみが》きを済ませて、すぐにドライヤーをあてる。ショートボブは一瞬で乾いた。昨夜塗ったばかりの爪《つめ》を見つめる。春先らしいシェルピンクのネイル。メイクをこなして、パンツスーツに着替えると、ドライクリーニングの残り香に包まれた。

家を出る前に、洗面台に立つ。

久しぶりに袖《そで》を通したライトグレーのジャケットは、まったく似合っていない。毎日あんなに着ていたのに……。プラスチックの赤い眼鏡フレームが、子どもっぽさを助長させている。

「ふふっ」

丸っこい幼顔《おさながお》に、自虐的な笑みが浮かんでくる。こんな奴《やつ》が「三年目の若手ホープ」なんて言われていたのか。

大手芸能事務所の敏腕マネージャーだったのも過去の話。

すべてを失って一年。引きこもり生活に終止符を打って、私はまた働きはじめた。

いよいよ今日が、最初の任務。

靴箱からヒールを取り出して履くと、視界が一段あがった。懐《なつ》かしい目線の高さに、私のなかの錆《さ》びたスイッチが押される。「さあ働くぞ」という脳内信号が全身に送られる。

「……よし」

声に出して活を入れる。

今日から再スタートだ。

私はもう一度、あっちの世界に戻る。魔物の巣食う芸能界で戦ってみせる。

鈍色《にびいろ》の重たいドアを開けると、私に狙《ねら》いを定めたように日光が降り注いだ。


総ガラス張りの摩天楼を見上げながら、私は立ち尽くしている。

アーカムプロダクション・第一本社ビル。

私の横を、たくさんの人が通り過ぎていく。初仕事が、まさかの古巣だなんて……。もう二度と、敷居《しきい》を跨《また》ぐものかと思っていた。

「いい新人をひとり連れてきて！」

それが天神社長からの指令。私はタレント発掘のため、この「合同プレゼンテーション」に遣わされた。

それにしても高いビル。私の新しい勤務先は、外壁がくすんだ五階建てに、たったの二フロア……。改めて、圧倒的な資本力の差に怖気《おじけ》づいてしまう。

本当に、これからやっていけるのだろうか？

気持ちにブレーキがかかる。今さら考えるな、自分で決めたことじゃないか。そう思いながらも、最初の一歩が踏み出せない。

「見てよ、あの恥知らず」

針のような声が、背後から私の耳を刺した。ひそひそ笑い。からだが一気に硬直する。

「よくも堂々と来られるよね」

甲高《かんだか》い声がはっきり届く。聞き覚えのある声。誰だっけ。かつての同僚なのは間違いない。

「……この、人殺し」

その言葉で、私は反射的に振り返る。ふたり組の女性だった。名前が思い出せない。乱れる呼吸を隠して、ふたりに近づく。

「な、何……？」

汚いものでも見るかのように、表情を歪《ゆが》ませた。私は姿勢を正す。ポケットから銀のケースを取り出して、

「お世話になります」

「はあ⁉」

私の差し出した名刺には、こう書いてある。

天神マネジメント
マネージャー　菅原《すがわら》　まゆり

「……あんた、マネージャーに戻ったの？」

その言い方には、軽蔑《けいべつ》の念が含まれていた。

「今後とも」私は頭を下げたまま言う。「よろしくお願いします」

舌打ちを残して、ふたりは去っていった。名刺は受け取ってもらえなかった。

もう一度、ビルを仰ぎ見る。

おかげで踏ん切りがついた。

私は歩き出す。エントランスの自動ドアを通る。顔なじみの受付嬢が「あっ……」と目を丸くしたのも意に介さず、貼《は》り紙に従って会場へと突き進む。

大丈夫。どんなふうに言われたって構わない。丸腰かもしれないけど、勇気だけは持ってきた。立ち止まらずに、地下一階の大スタジオに辿《たど》り着く。

見渡した限り、スタッフに知り合いはいない。

ぎちぎちに並んだパイプ椅子《いす》の後方に座り、背筋をのばして前方を望む。スカウト目的の業界関係者がずらり。ほとんどがマネージャーだろう。段上げされた仮設ステージは、連なった後頭部のせいで見通しがわるい。

「「「おはようございますっ！」」」

時間通りにはじまった。十人ほどの生徒がスタジオに入室して、ステージ横に並ぶ。胸には番号の書かれたバッジ。私は配付された資料の紙束に目を走らせる。番号順に、生徒の簡単なプロフィールが一覧になっており、右端《みぎはし》には「面談希望」のチェック欄。気になる生徒がいれば後日面談して、所属のオファーができる。

「よろしくお願いします！」

フレッシュな笑顔を咲かせて、一人ひとり、生徒が登壇する。

「ありがとうございました！」

持ち時間一分という短いあいだに、簡単な自己紹介と、精いっぱいの自己PRを披露して、またたく間に去っていく。みんな元気がいい。朗読、ダンス、手品、アカペラ、一発ネタ、ショートコント、早口言葉、ギター演奏など、パフォーマンスは多岐にわたった。

アーカムプロの経営するタレント養成所は、あまりに生徒数が多い。本体とマネジメント契約できるのは一握りのため、こうして卒業を迎える三月に、外部の芸能事務所に売り込む機会が与えられる。私たちは、気に入った子がいればスカウトできるというわけだ。

「それでは入れ替えます」

司会の男が言うと、出番の終わった生徒たちがスタジオを出て、また新しく十人ほどが入ってくる。

「「「おはようございますっ！」」」

「はい、では順番にステージへ」

若い男女の熱気とは裏腹に、淡々と進行していった。

スカウトマンはざっと百人くらいか。序盤の集中力はとうに薄れて、気だるいムードが漂いはじめた。あちこちで首がカクンカクンと揺れている。

なかなか逸材は見つからなかった。

それはそう。光るものがある新人は、卒業前にアーカムプロが押さえてしまう。合同プレゼンに出ている時点で、ふるい落とされた存在だ。

でも、そんななかにも可能性はある。磨けば光る原石を見つけ出せる！

そう信じて粘《ねば》りながらも、私は焦りはじめていた。

「やる気は誰にも負けませんっ！」

「かならず夢を叶《かな》えてみせます！」

「どうか所属させてくださいっ！」

どれも普通。どれも平凡。

目まぐるしく若者たちが登場するのに、同じ人間が何度も現れているような錯覚に陥《おちい》る。みんな芸能事務所への所属が目的になっている。あくまで所属はスタート地点。その先の目標をどれだけ見据えているかが大切なのに……。

マネージャーたちも俯《うつむ》いてばかりで、ステージを見ようともしない。手元のプロフィール資料で審査すれば十分といった空気感。

はなから、期待されている場所ではないということだ。

だけど私にとっては違う。諦《あきら》めずに、ステージの上を凝視する。次の人に期待を込めて、その次にも期待を寄せて……。

「スカウトするのは俳優ひとり。その子を担当してもらいます」

入社初日に、天神社長がそう言った。本来は気になる子がいれば何人でも、日を改めて面談ができる。隣に座った同年代の女性マネージャーなんて、男子が出てくるたびに、面談希望の丸印をつけまくっている。前途有望な新人には、いろんな会社から声がかかるだろう。ひとりだけ選んで、うちのような小さな事務所の誘いを受けてくれなかったら、私は担当タレントがいない状態になってしまう。いきなりそんな体たらくは避けたい。

何が何でも、原石を連れて帰る！

……などと意気込んだものの、空気の悪さに苛立《いらだ》ちが募《つの》ってきた。相変わらず、誰も生徒のパフォーマンスを見ていない。前にいる男の、スマホに表示されたゲーム画面が目に入った。倦怠《けんたい》感を通り越して、暇つぶしの域にまで達している。

ああ腹立つ。いくら新人のレベルが低いとはいえ、何しに来ているのかわからない。こんなやる気のない人間に担当されるかもしれない新人たちが可哀想《かわいそう》だった。彼らは人生を預けるようなものなのに……！

「皆さーーーん！」

突然の大声に、会場全体が波打った。声の出どころはステージじゃない。顔を上げた大人たちの視線を辿ると、どうやら順番を待っている待機列のほうからだった。

「みんな一生懸命やってるんです！」

芯《しん》のある、高くてきれいな声に、私は息をのむ。

「顔を上げて、しっかり見てよ！」

その声はびりびりとスタジオを揺さぶるも、姿まではうかがえない。

「こら、静かにしなさい！」

スタッフが注意すると、それきり聴こえなくなった。マネージャーたちは、きまり悪そうに顔を上げたまま。ステージの女の子が下手くそなアカペラを歌い終わったところに、

「うおおおおっ！」

入れ替わりで男の子が猛ダッシュで駆け上がってくる。さっきの子に違いない。大きく跳んで中央にダンッ！と着地。

「はじめまして、マコトです！」

変身ヒーローみたいなポージングをきめた。

「すご……」

思わず声が漏れる。私だけじゃない。あちこちで、驚きのため息が生まれる。

きた。きた！

とびきりの原石が現れた！

背は高いし、手脚のバランスもいい。整った目鼻立ちがこの距離でもわかる。エネルギッシュで潑溂《はつらつ》とした若さが、自信をたたえた表情から滲《にじ》み出ていた。

「役者志望です、よろしくお願いします！」

微笑んだ口元から八重歯が覗《のぞ》く。愛嬌《あいきょう》も兼ね備えている。

私は急いで、手元のプロフィール資料を確認する。

マコト　十九歳・男性

名字は書いてない。シンプルな芸名。芸歴の記載もない、真っさらな新人。

どうして、こんな子が……？

ルックスだけ見ても、アーカムプロが欲しがる逸材に思える。私はもう一度、ステージに立つ青年を注視した。

ひとつ気になるのは、彼の服装だった。首から足もとまですっぽり覆《おお》うのはオレンジ色のつなぎ。カラフルなペンキで汚れて、膝《ひざ》のあたりが擦り切れている。なんて恰好《かっこう》……みんな張りきってオシャレするなか、その作業着はあまりにみすぼらしかった。おまけに大きなリュックまで背負っている。

だけど私は、そんな彼に釘付《くぎづ》けになる。

私にとって「マコト」という名前は特別で、きらきらと輝く眼《め》も、「彼女」に瓜二《うりふた》つだった。

かつてアーカムプロで担当した女性アイドル――鶯鳥真琴《うそどりまこと》に。

「よかった。ちゃんと見てくれてる！」

嬉《うれ》しそうに彼が言うと、どこかで鼻を鳴らす音が響いた。

会場の空気は引き締まっていた。マネージャーたちの好戦的なムード。無名の新人に「ちゃんと見ろ」と言われて、反感を抱いたに違いない。

「今から特技を披露します！」

誰もが、彼の自己PRを厳しく見定めようとしている。

「どなたか、手伝ってくれる方はいらっしゃいますか⁉」

そう言って、私たちを見渡した。こちら側に手伝いを求めるなんて斬新《ざんしん》……だけど応える者は現れない。

私は真っすぐ手を挙げる。

ばっちりマコトと目が合った。

「そちらのお姉さん、どうぞステージへ！」

手招きされるがまま、立ち上がって前方に向かう。視線を浴びて緊張が走った。目立つのは苦手だけど仕方がない。取り合いになる前に、いち早く彼に近づいておきたかった。段を上がってステージに立つ。

胸の高鳴りを抑えながら、彼と向かい合う。

やっぱり背が高い……。その端整な顔立ちに、私は気圧《けお》される。きめ細かな肌には、少し赤みがさしていて、瑞々しさに満ちていた。

マコトはリュックを下ろして、勢いよくひっくり返す。ガラガラガラッ。何かが私の足元にまで転がってくる。

薄茶色の、短い角材が四本。それと正方形の薄い板が二枚。

彼が板を一枚拾い上げる。角材は床に転がったまま。

「えっ、これは……？」

「タイミングよく、一個ずつ投げてください」

指示はそれだけ。彼は前を向いて一同に告げる。

「それでは、踊りながら椅子を作ります！」

会場がざわついた。「何々？」「どういうこと？」などと疑問の声が上がるなか、スピーカーから大音量で音楽が流れだす。わかりやすい四つ打ち系のアップチューン。

踊りながら椅子を作る?

いったい、どんなすごいパフォーマンス……?

すると彼は、ビートに乗ってリズムを刻んで、軽快に踊りだした。

なんて楽しそうな表情……。ズバ抜けて上手《うま》いわけじゃない。でも動きの基礎はできている。そう感心した矢先、「どうぞ!」と声がきた。わけもわからず角材を投げる。キャッチした彼がしなやかにターン。正面を向くと、彼の持つふたつのパーツは接着されていた。足を開いてそのましゃがみこむ。「どうぞ!」の合図で私は再び投げる。しまった。コントロールが狂って高く飛ばしてしまう。頭上に届いたところで、彼は大きく跳び上がって見事に摑みとる。着地の瞬間、二つめの脚がくっついていた。釘を打たずに嵌《は》めこむ仕様なのだろうか。

……え?

何だこれ!?

確かに、踊りながら椅子を作っている。というより組み立てている。器用ではある。だけどまだ何を魅せたいのかわからない。私は手の汗をぬぐって次の投擲《とうてき》に備えたけど、場の空気がゆるんでいくのがわかった。ははっと誰かが笑った。私のほうが恥ずかしくなる。だけど彼は楽しそうに踊っている。

「よっ、椅子職人！」

野太いヤジが飛んだ。また笑いが起こる。手拍子をする者まで現れた。彼は嬉しそうに片手をあげてオーディエンスに応える。ふいに「どうぞ！」と言われて、油断していた私は強く角材を投げつける。それでも難なく胸元でキャッチ。三つめの脚が接続完了。おおーっ、わははっ、と声が重なった。

音楽が止まる。

遅れて手拍子も鳴りやんだ。静寂のなか、彼は変わらず、激しいステップを踏んでいる。

「はい、時間です」

司会者がマイクで制止した。

「あっ。どうしよう、あとちょっとで完成です！」

間に合わなかったようだ。未完成の椅子は、夏休みの工作みたいで可愛《かわい》らしい。

「残念〜！」

また誰かが叫んだ。「お見事！」「椅子職人よくやった！」などと無責任な声が飛び交《と か》う。誰も本気で相手をしていない。突然現れた変人を嘲《あざけ》っているのだ。司会者やスタッフも、苦笑いを隠そうとしない。

「ありがとうございます！」

だけど彼は嬉しそうにはにかんだ。横顔を見ながら、顎《あご》のラインも美しいと思った。

「将来の夢は、月9《げつく》に出ることです！」

高らかな宣言に、ドッと沸く会場。遠慮のない笑い声はおさまらない。

「……何なの？」

カチンときた。さっきまで眠そうにダラダラしていたくせに、若者ひとりを茶化《ちゃか》して遊ぶ大人たち。選ぶ側と選ばれる側の権力構造が見え透いていた。

「ねえ君！」

私は勢いよく叫んだ。マコトは、きょとんとした顔つきで見返してくる。

「うちに来なさい！！！」

ほとんど無意識に言っていた。あんなに楽しそうに踊って、私たちに笑顔をふりまいた彼を、笑いものにしておきたくなかった。せめて私だけは、認めてあげたかった。

「えー……面談希望の方はお手元のシートにご記入ください」

マイクを通した司会者の声で、冷静さを取り戻す。私を見る聴衆の顔が一斉に目に入った。頭が沸騰する。もう会場は静かだった。

愛想笑いを浮かべながら、自分の席へと引き返した。絡みつくような視線が煩《わずら》わしい。

マコトは降壇させられて、プレゼンテーションが再開。次に現れた女の子は、心なしか、やりにくそうにしている。

「顔はいいのにね。もったいない」

隣の女性が呟《つぶや》いた。手元の用紙には、初めてバツ印が見えた。

＊

「……で、あれは何だったの？」

応接間で向かい合ったマコトに、私は問いただす。

週が変わって、天神マネジメントのオフィス。年季の入った黒革のソファーが光沢を放っている。

「あれって？」

「だから、踊りながら椅子を作るやつ」

「ああ！　途中までしか作れなくて悔《くや》しいです！」

スポーツで負けた小学生みたいな顔になる。そういう問題じゃない。

「そもそもなんで踊りながら椅子なの？」

質問を繰り返すと、

「目立てると思いました！」

ずれた答えが快活に返ってきた。

彼の言い分はこうだ。大人数のプレゼンだから、誰もやらない自己PRで注目を集めたい。養成所で成績がよかったダンスに加えて、椅子を作ることで印象に残る作戦だったという。オレンジ色のつなぎで挑んだのも目立つためらしい。今日はライムグリーンのパーカーに淡い色のスキニージーンズで、落ち着いた格好。あのみすぼらしい作業着姿は社長に見られずに済んだ。

「人と違うことをする……」私はあえて厳しい声色で、「着眼点は悪くないけど、その上でもっと、自分らしさをアピールしなきゃ」

「自分らしさ……？」

うーんと首をかしげてから、

「俺、ＤＩＹが得意なんですよ。欲しい家具があったら言ってください、材料費だけで作ります！」

腕がなるぜとばかりに売り込まれた。大きな口から八重歯が覗く。柴犬《しばいぬ》みたいな可愛らしさに、調子が狂わされる。

「それにしたって、ダンスとうまく組み合わさってないし、奇を衒《てら》うだけじゃ意味がないから」

「自信あったけどなあ。完成した椅子をそのままステージに置いていったら、俺の番が終わってても存在感を出せたでしょ？」

「出せたでしょって……。多分その椅子、撤去されてたと思うよ」

「ええっ、マジすか⁉」

素《す》っ頓狂《とんきょう》な声で残念がる。何なんだ。筋金入りの馬鹿《ばか》なんだろうか。

「はあ……」

私は、頭を抱《かか》えてため息をつく。

マコトは変な子だった。

合同プレゼンの後、アーカムプロに面談を申請した。すぐに連絡先の電話番号が送られてきて、「あとは本人とやり取りしてください」と丸投げされた。担当者の物言いに驚きつつも、番号にかけるとマコトにつながった。そうして本日、恵比寿《えびす》にあるうちのオフィスまで来てもらった次第だ。

「まあまあいいじゃない」

隣に座る天神社長が、私の二の腕に手を寄せた。確かに、自己ＰＲの件をとやかく言っても仕方がない。

「ほかには、どこの事務所から誘われてる？」

私が話を先に進めると、

「ないです！」

「は？」

「ゼロです、ここだけです！」

つい社長の顔色をうかがってしまう。学食のおばちゃんみたいに微笑んでいるけど、自信がなくなってくる。

私の見る目がなかった……？

マコトの顔をじっと見つめる。いやいやそんなことはない。通った鼻筋に凛々《りり》しい眉《まゆ》。くっきり二重瞼《ふたえまぶた》の整ったアーモンドアイ。近くで見ると、一つひとつのパーツの良さが際立つ。流行《はや》りの塩顔系ではなく、彫りは深いほうだけど、流行に左右されない華が備わっている。紛《まが》うことなき原石だ。

「じゃあ、いろいろ質問させて」

私はヒヤリングを開始する。案の定、マコトはまったくの素人で、一年前に俳優を志して上京、アーカムプロの養成所に入所。プロの現場は未経験だった。

何も知らない彼の教育には、時間がかかるだろう。

「芸名は、マコトでいいの？」

「はい！」

「名字は、あったほうがいいと思うけど」

「覚えてもらいやすいし、そのままで！」

こだわりがあるようなので、特にそれ以上の提案はしなかった。

「マコトくんは、月9に出たいんだって?」

ふいに社長が尋《たず》ねると、

「ドラマで活躍したいです。そのためにも、本当はアーカムプロに入りたかったんです!」

などと不満そうに訴えた。私たちに正直に言うなよ……と窘《たしな》めかけて言葉を飲みこむ。大手の事務所に憧《あこが》れるのは、芸能界を目指す若い子にはよくあること。いちいち目くじら立ててもはじまらない。

ここからは社長が、契約内容や事務所の方針などを説明した。マコトは真剣に耳を傾ける。契約書のやり取りはすべて、社長が受け持ってくれていた。

「俺、頑張ります!」

マコトの所属がきまった。

つまりは私に、担当タレントができた。

天神マネジメントは、天神社長の運営する小さな芸能プロダクション。所属タレントはたったの四人だけど、いずれも今をときめく人気者で、俳優ユニット「ヤミテラス」と称する彼らは、並々ならぬ存在感を業界内で放っている。五人目の俳優として、マコトの活躍が期待されるだろう。

大丈夫、今度こそ。

かならず私は、光輝くスターを育成してみせる。

「ほかに何か質問ある？」

私が尋ねると、

「なんで俺に声をかけたんですか？」

真っすぐな目で、そう問われた。

「それは……顔がよかったからよ」

「えーっ、何ですかそれ！」

嘘《うそ》ではない。だけど本心までは語りたくなかった。「社長は何かございますか？」と、話題をはぐらかす。

「そうねえ。じゃあ、マコトくんに一言」

「はい！」

「嘘は、つかないでね」

社長が穏《おだ》やかなトーンで言う。

「嘘の報告や、隠しごとをされると、事務所はあなたを守れない。何かあったら、正直にマネージャーに相談するのよ」

聞きながら胸が痛かった。たった今、私は本心を誤魔化《ごまか》したばかり。

「わかりました！」

マコトは素直に応えた。器用に嘘をつけるタイプではなさそうだ。

「これからのことは、また連絡します」

そう告げて、マコトには帰ってもらう。エレベーターに乗り込む直前、しきりに腕時計を確認していた。用事でもあったのだろうか。そういえば何のアルバイトをしているのか訊《き》きそびれた。


「すみません」

マコトを見送ってから、社長に謝った。

「私の見込み違いではないことを祈ります」

前の職場では考えられない弱音を吐《は》く。社長の放つ「菩薩《ぼさつ》オーラ」に甘えてしまったと、すぐさま反省するも、

「踊りながら椅子を作るなんて面白いじゃない」

と、社長はとても上機嫌。

「シュールすぎて、笑われてましたよ」

「でも注目は浴びたわけでしょう?」

「まあ、それはそうですけど……」

一分で自分の魅力を伝えるのは至難の業《わざ》で、似たり寄ったりのアピールに私たちも退屈していた。だったらとにかく印象に残ったほうがいい。その意味ではマコトは成功した。マネージャーたちに、目を向けさせたのだ。その場にいた人間からリアクションを引き出せたのはマコトだけ。馬鹿にされても聴衆を沸かせたのは事実。

マコトは、目の前の人を楽しませようとしていた。そして誰よりも彼自身が楽しんでいた。

素質はある。多くの人に影響をあたえ、人のこころを揺さぶる才能——スターとしての片鱗《へんりん》を、私は感じ取った。

「だけど、今のままではダメです」

いくら素質や才能があっても、あれでは魅力が伝わりにくい。事実、どこのプロダクションからもオファーがこなかった。

もっと適切なプロモーションがあるはず。タレントには、マネジメントする人間が必要だ。私の手で、彼の魅力を磨き上げていきたい。

「すーちゃん」

社長が柔らかく微笑んだ。すーちゃんだなんて、二十六年間生きてきて呼ばれたことがない。何だかムズムズしてしまう。

「心配はしていないわ。優秀だったんでしょう?」

不意打ちでプレッシャーをかけられて、背筋が伸びた。

仕事を辞めて一年、再就職を考えていたところに、天神社長から「事業を拡大するので若いマネージャーがほしい」と誘われた。思ってもみない連絡だった。

社長とは、かつてロケ現場で何度か居合わせたくらいの間柄《あいだがら》。それほど私のことを知っているとは思えない。あの事件についても詳しくないはず……。

マネージャー業に復帰。

私にできるのだろうか。そう迷ったとき、声がきこえた。

「いつか、誰かをスポットライトで照らしてね」

夢で何度も繰り返される声。そうだ。あの子と交《か》わした約束を果たす、これは最後のチャンスかもしれない。

だからこそ私は、もう一度マネージャーになると決めた。

「何より、彼に惹《ひ》かれたんでしょ？」

「……そうですね」

「その想《おも》いは、大事にしなきゃ」

見透かされているような気がした。

マコトには隠した、スカウトの決め手。

ルックスがよかったのもある。人を魅了する才能も感じた。

だけど何より——運命だと信じたから。

マコトという名前に導かれたのかもしれない。彼と目が合ったとき、私のなかに電流が走った。その眼差《まなざ》しは一灯のライトのように、真っすぐ私に向かってきた。

鸞鳥真琴と同じ、嘘の混じらないストレートな目の輝き。

「すーちゃん。マコトくんをよろしくね」

「はい」

このままマコトを埋もれさせたくない。

絶対に、私が明かりを照らしてみせる。

マネージャーとして、私は再び動き出した。

2

セール会場のような物販ロビーの混雑を抜けて、私たちは劇場奥の通路に向かった。

終演後に見上げたところ、客席は二階まで超満員。人気のほどがうかがえる。

「めっっっちゃすごかった！」

観劇の興奮冷めやらぬマコトが、飛び跳ねるように歩く。

「楽しんでもらえてよかったわあ」

隣に並んだ社長も喜んでいる。遊園地の親子連れにしか見えない。息子の背高いな。

「やーっ、東京の舞台ってド派手ですね！」

「迷惑だから落ち着きなさい」

私は後ろから注意する。

「あと勉強のためにも、舞台は可能な限り観《み》たほうがいい」

「だってお金ないんですもーん」

ぷーっと膨《ふく》れて困り顔を寄越す。

「……物乞《ものご》い、もうやってないでしょうね？」

「やだ。すーちゃん、物乞いだなんて」

「そうですよ、ひどい言い方しないでください！」

マコトと社長が、顔を合わせて笑う。

迂闊《うかつ》だった。マコトは事務所近くの駅前で、ひとり芝居を披露して日銭を稼いでいた。ロミジュリやライオンキングなど、有名なシーンをひとりで演じわける路上パフォーマンス。現場に通りかかった私は即刻中止させたけど、それは所属から三週間経《た》ってのこと……管理が甘かった。

「結構いい稼ぎだったんだけどなぁ」

「そうなの？　すごいじゃなーい」

「酔っぱらったお姉さんたちが、いっぱいお金くれるんです」

「だから！」私は水を差して、「それを物乞いって言ってんの！」

そんなの顔がいいからだろ。俳優の卵としての自覚をもってほしい。楽な稼ぎ方をおぼえると、芸能のお仕事でギャランティをもらうありがたみが薄れてしまう。

私は路上パフォーマーが嫌いだ。ああいう中途半端《ちゅうとはんぱ》な奴が一番ダメ。今の自分に何が足りないのかも考えず、ただ人前に出るだけで「努力した気持ち」になっている素人。あやって何かやっていれば、いつか誰かが上に引き上げてくれる、いつか誰かが何とかしてくれると願ったところで絶対に売れない。もう路上からスターが現れる時代じゃない。

「とにかく、そういうのはダメだから。もうやらないでよね」

「はあーい」

「お給料、早くもらえるようになろうね」

社長がマコトに優しく言った。他意はないのだろうけど、胸が痛む。

マコトの仕事はまだ一件も決まっていない。

のっけから売り込みは躓《つまず》いている。私は毎日、テレビ局をまわって営業をかけた。知り合いのプロデューサーやディレクターを捕まえては、写真入りプロフィール用紙をわたす。でも一緒に差し出した名刺を見るや、態度が一変した。

「もうアーカムプロじゃないんだね？」

たちまち会話は打ち切られ、興味を失って足早に去っていく。かつて懇意にしてくれた人から向けられる白《しら》けた視線は、春の陽気を絶対零度にまで引き下げた。

これが大手芸能事務所の看板を失った代償……。

マコトどころか、菅原まゆりという人間が相手にされない。そこで作戦変更。私は局内のドラマ部に貼りだしてある「出演者募集」のビラをくまなくチェックして、片《かた》っ端《ぱし》から担当者に連絡する。結果は散々だった。出演交渉にいたるどころか、書類審査の合否すら返信がない。

ド新人の俳優と、零細事務所のマネージャー。ふたりの現在地を思い知らされる。芸能界で戦えるコンビには程遠かった。

だからこそ。

私は今日に賭《か》けていた。観劇の目的は、まだマコト本人に話していない。

「それにしてもカッコよかったなあ〜、特に主演の人！」

マコトが観劇の余韻に浸りなおしたとき、楽屋口へと到着した。

「天神マネジメントの三名です」

スタッフにそう告げて通る。すぐに汗の臭《にお》いが漂ってきた。楽屋前の広いスペースにはTシャツ姿の俳優がちらほら。観劇を終えた関係者との歓談がはじまっている。

「あァーッ、お疲れッス社長ォォ！」

大柄《おおがら》な男が両手を挙げて突進してくる。

「千秋楽《せんしゅうらく》、お疲れさまぁ」

社長がねぎらうと、

「うス！　あざッした！」

腰を直角に曲げて、勢いよく頭をさげた。やっぱり体育会系か……。苦手だけど仕事だ。頭をあげるのを待って私は挨拶《あいさつ》する。

「初めまして、新しく入社した菅原です」

「あッ聞いてますよ！　よろしくッス！」

ゴツゴツした手と握手を交わす。

「ヤミテラスのリーダー、神武武士《じんむたけし》ッス」

腕をもぎ取られるかと思った。掌《てのひら》が嘘みたいに熱く、指の力も半端じゃない。

神武武士。天神マネジメントの稼ぎ頭で、いま観た舞台の主演を担うひとり。俳優というよりボディビルダーのような体格の大男は、男くさい顔立ちと、卓越したアクション技術で、エンタメ舞台から引っ張りだこ。まさに旬《しゅん》の若手俳優。

「終わっちまったなァ。何とか最後まで走りきれたッスわ！」

今日が千秋楽。心から安堵《あんど》しているのが見てとれた。神武はアクションシーンも桁違《けたちが》いに多い。体力も限界を超えたはず。それでも立っていられるのは、脳に溢《あふ》れ出るドーパミンと、観客の拍手喝采《はくしゅかっさい》のおかげだろう。

「うちの新人も楽しんでたわよ」

社長がそう言って私を見て、ようやく気づいた。

マコトがいない……。

「え、あれ、どこ行った？」

私は急いでその場を離れる。楽屋前には人が増えていた。談笑する人たちの間をすり抜けながら、マコトの姿を血眼《ちまなこ》で探すけれど見当たらない。

ちょっと目を離すとこれだ。子どもじゃないんだから勘弁してよと内心で嘆いたところ、

「すごーい！」

開きっぱなしのドアの向こうから、無邪気な声がきこえた。

「これも手作りなんですねーっ！」

覗いた先は衣装部屋。

「うわー、平安時代の本物かと思った！」

マコトが平安装束のかかったハンガーラックに目を輝かせている。「本物のわけないからー」「ウケるめっちゃ面白いー」などと応えるのは、ふたりの女性スタッフ。

「俺、工作は得意だけど家庭科は全然でした。いいなあ服作り」

「基本さえ押さえればできるよ」

「へえーっ！　教えて教えて！」

「いいよ、いつでも教えてあげる」

女性のひとりが、胸ポケットから名刺を出して、マコトに渡した。

「あ、あの、お邪魔しました……！」

私は頭をさげてマコトの手を引っ張る。

「楽しかったです、ありがとう～！」

マコトが言うと、スタッフの頰《ほお》が朱色に染まった。こんな短時間で気に入られちゃって
……人たらしの才能まで持ち合わせているらしい。

「ちょっと！」だけど私は露骨に睨《にら》みつけて、「ちょろちょろしないで！」

「舞台上で見ても凄《すご》かったけど、近くで見てもディテールやばいです。凝《こ》ってるなあ！」

威厳《いげん》を見せたつもりなのに効いていない。そんなに私って怖くない……？

「とにかく、事務所の先輩に挨拶するのが先！」

礼儀と筋を重んじる芸能界をわかっていない。

しかし、さっきのところに戻っても、誰の姿もなかった。あたりを見回すと、奥のほうに武士の後ろ姿を発見する。社長と一緒に、スーツ姿の男と歓談中。どこぞのお偉いさんに紹介しているのだろう。

ああもう。完全にタイミングを逃した。

「ひとまず、待機で……」

「あ、じゃあその隙に！」

言うが早いか、マコトが駆け出した。

「どこ行くの⁉」

慌てて私も後を追う。マコトの姿が急に消える。下に降りる階段の壁には、「舞台側」という貼り紙。嫌な予感がして階段を降りると、薄暗い場所に出た。

そこはステージの脇、舞台袖だった。

おそるおそる暗がりのなかを進む。袖幕の間からマコトの姿が見えた。

ステージの上にマコトが立っている。

「勝手に行動しないで！」

私がそう言っても、

「近くで見たいんです」

と、奥を覗き込んでいる。舞台セットが気になるみたいだ。

部外者が長居するわけにはいかない。とにかくこの場を離れようと、私もステージにあがってマコトに近づいた。

「おい、誰だ⁉」

ドスの利いたダミ声に、全身が震える。

客席通路から、強面《こわもて》のおじさんが睨んでいた。黒Tシャツに黒ズボンで草履《ぞうり》を履いている。

「関係者以外、立ち入り禁止だ！」

「すみません！」

咄嗟《とっさ》に頭を下げるも、マコトは舞台セットに無我夢中。まずい。厄介なことになりかねない。

「おい小僧っ、聞いてんのか！」

「す、すぐ帰りますので……！」

私はステージを降りてスタッフに歩み寄る。何とかこの場をおさめなければ……！

「そこに立つ資格は、君にはないよ」

凛《りん》とした声が、劇場に響きわたる。

ステージを仰ぎ見ると、ひとりの青年が袖裏から歩いてきた。

「君、名前は？」

タオルで首筋を拭《ふ》きながら、その俳優はマコトに対峙《たいじ》する。

「マコトって言います。役者を目指してます！」

「ふぅん」

俳優が、まじまじとマコトの顔を覗き込む。

「舞台というのは神聖な場所。キャストとして選ばれて、稽古《けいこ》を積んだ人間だけが、ここに立つ資格を与えられる。興味本位で上がっていいところじゃない」

静かに、それでいて厳しいトーン。私は俳優としての矜持《きょうじ》を感じ取る。

「ごめんなさい」

マコトはそれきり動きを止めた。

男性スタッフが私を追い越して、舞台に飛び乗った。マコトの背後に迫り、

「もういいだろ。さっさと帰れ！」

後ろ襟を摑んで、ずるずると袖裏に引っ張っていく。出遅れた私も、すぐに追いかける。

「あのっ！」

マコトが俳優に向かって叫んだ。

「何？」

「お芝居、面白かったです！」

「……あっは。それはありがとう」

意表を突かれたのか、俳優が笑顔で応える。

「頑張ってね。またどこかで」

そうして。

もうひとりの主演俳優・秋山悠《あきやまゆう》は、颯爽《さっそう》と去っていった。


怒り心頭のスタッフは舞台監督——安全面を統括する、裏方の最高責任者だった。こっぴどく叱《しか》られるマコトと一緒に、私は頭を下げ続けた。幸いにも大きなトラブルには発展しないで済んだ。

私たちは解放されて劇場を後にする。社長も武士もとうに帰っていた。

「迷惑かけて、ごめんなさい」

駅に向かう道すがら、マコトが言った。

「これからは、勝手なことはしないでね」

それだけに止《とど》めておいた。さすがに懲《こ》りただろう。

「そんなに楽しかった?」

私が話題をかえると、

「はいっ!　舞台っていいですね!」

顔を近づけて、鼻息を荒くする。

「すごい臨場感でした。細かいところまで作り込まれてるし、役者の皆さんがサイコーでした！　俺も秋山さんみたいな役者になりたい！」

終演後と同じように興奮している。どうやら舞台を好きになってくれたようだ。

「……連れてきて正解だった」

思わずつぶやく。ひと悶着《もんちゃく》あったけど、今日の目的は達成できた。

「マコトくん、あなたが狙うのは……その役」

「えっ？」

マコトは不思議そうに顔を向ける。

「秋山悠の演じた『藤原定家《ふじわらのさだいえ》』役を、勝ち取りなさい」

舞台『けまりストライカーズ！』を観た帰り道。

私たちのオーディションへの挑戦がはじまった。

年	月	芸歴
2019	4	アーカムアクターズアカデミー
		ベーシッククラス（〜2020.3）
2019	4	路上でひとり芝居
		（〜2020.5）

趣味 DIY	特技 ダンス
長所 健康	短所 落ちつきがない
血液型 O	星座 
チャームポイント 八重歯	好きな食べ物 肉!!

志望動機

けまりストライカーズ！の舞台が面白かった！
役者の演技がカッコよくて、衣装や舞台
セットもサイコーでした！
この世界で自分も生きてみたいと思った！

自己PR

やる気は
誰にも負けません!!

評価（審査員記入欄）

ふりがな まこと 氏名 マコト	男・女		生年月日 2002年3月14日生（満19歳）
所属事務所 天神マネジメント			出身地 福岡県

サイズ	身長	体重	シューズサイズ	視力
	186 cm	65 kg	27.5 cm	左 2.0 右 2.0

志望ジャンル　タレント・アイドル・~~俳優~~・歌手・モデル・声優・お笑い・子役

その他（役者）

「それでは、次の方どうぞ」

「失礼します！」

「お座りください」

「はい！」

「自己紹介をお願いします」

「名前はマコト、十九歳！」

「……です」

「です！」

「所属事務所は？」

「あっ、天神マネジメント所属です！」

「はい」

「趣味はＤＩＹ、特技はダンスです！」

「ＤＩＹでは、何を作れるんですか？」

「何でも作れます！」

「具体的に」

「踊りながら、料理しながら、テレビ観ながら」

「や、何が作れるかを具体的に教えてください」

「ああ！　二段ベッドとか」

「二段ベッド……⁉」

「今度作りましょうか？」

「いえ結構です。ベッドは持ってます」

「昔から物を作るのが大好きで、だから自分で物を作るのが大好きです！」

「同じこと言ってますね？」

「えっ？」

「……つまり、手先が器用ということ？」

「あっはい！　手先の器用さを活《い》かして、繊細に演技したいと思います！」

「そこは特技のダンスをアピールしたほうがいいと思うけど？」

「ダンスは養成所で成績が良かっただけなので、ＤＩＹのほうが自信あります！」

「正直に言わなくていい」

「えっ？」

「まあいいでしょう。それでは、志望動機を教えてください」

「はい！　『けまりストライカーズ！』の舞台を観て、最高にアツくてカッコよかったので、自分もその世界でキャラクターを演じてみたくて、オーディションに応募しました！」

「なるほど」

「よろしくお願いします！」

「希望する役は？」

「藤原定家です！」

「どうしてですか？」

「マネージャーさんに勝ち取れと言われました！」

「言い方が完全にNGです」

「あっそうか、ええと、自分に合う役だと思います！」

「どのあたりが合っていると思いますか？」

「どのあたり……普段はクールだけど、蹴鞠《けまり》の試合では熱くなるところ！」

「それはあなたにしか演じられないもの？」

「やる気は誰にも負けません！」

「それは証明できません。あなたが演じるメリットを教えてください」

「ええ……？」

「何かありますか？」

「え、演技を観てくださいっ！」

「わかりました。それでは実技試験に入ります」

「はい！」

「……ここまで」

私は審査員の演技をやめて、ふうと一息つく。

オーディションまで残り十日間。事務所のオフィスでマコトと一対一、模擬面接をやってみた。

「めちゃくちゃ厳しいじゃないですかーっ！　いじめないで！」

緊張したのか、マコトが立って背伸びをしている。

「これくらい普通だから。もっと怖い人いっぱいいるよ？」

圧迫面接なんて当たり前。仏頂面のおじ様たちがノーリアクションを貫《つらぬ》く地獄の光景を何度も見たことがある。

「今はアドバイスも含めて口を出していったけど、本番の審査員はここまで質問してくれないからね。自分から全部しゃべってアピールすることになるから」

激戦と思われた書類審査は、手垢《てあか》のついてない新人を求められたのか、運よく通過できた。来たる二次選考は面接と実技審査。こうして急ピッチで訓練を行っている。

「何でも正直に答える必要はないから。審査員が『こいつはいいな』って思える発言や、自己PRをもっと考えてみて」

「嘘はよくないですよね？」

「芸歴を偽るのはアウトだけど、変な謙遜《けんそん》は要《い》らない。短い時間で、簡潔な言葉で、自分の魅力を相手に伝える。あと抽象的だったり、ふわっとした熱意も避けてほしい。『やる気は誰にも負けません』とか」

「どうしてダメなんですか？」

「気持ちは人と比べようがない。いくら熱意があっても、売り物にはならない。売り物には――」

言いかけて、慌てて言葉を飲み込んだ。「売り物にはならない」またそんな言い方をするところだった。

タレントは人間だ。商品みたいに扱うなんて、あってはならない。

「まあ面接は何とかなるとして、問題は……」

実技審査。演技の披露。

今回は、審査の様子がネット中継される。プロデューサーや秋山悠などの特別審査員に加えて、一般視聴者によるファン投票も行われる配信型のオーディション。

初代キャストの秋山や、作品のファンたちが認めるほどの演技を、マコトは見せることができるのか……。

「DVDは観たよね？」

「はい！　面白かったです！」

事務所の棚には『まりステ』の過去公演が揃《そろ》っていた。これで研究してほしいと、原作漫画とともにマコトに貸してある。

「それじゃあ、まずはストーリーの整理からはじめましょう」

最初に、ふたりで全体の流れを摑んでおきたかった。マコトと話しながら、私がパソコンで物語の要約を行っていく。

舞台『けまりストライカーズ！ The STAGE』
スランプ中のサッカー日本代表、・柳田雅也《やなぎだまさや》が試合中に姿を消した。意識を取り戻すとそこは平安京。追いはぎに襲われるも、藤原定家に助けられる。雅也は平安時代にタイムスリップしたと知り、しばらく定家の屋敷《やしき》で世話になることに。蹴鞠界のスーパースターである定家は、雅也に球技の才能があると見抜いて「宮中蹴鞠トーナメント」への出場を持ちかける。雅也はサッカー選手のスキルを活かし、定家たちと強豪チームを撃破していく。トーナメント決勝戦。蹴鞠好きの天皇に取り入ることで権力を握った賀茂球火《かものきゅうび》と相まみえる。外法の呪術《じゅじゅつ》を駆使する球火は、九尾の狐《きつね》としての本性を露《あらわ》にする。絶体絶命のなか、定家と雅也は力を合わせて、究極の蹴鞠技「雲に入る足」を完成させて見事勝利。雅也は現代に帰る方法が見つかるまで、定家とともに、蹴鞠文化の発展に力を注いでいくと誓う。

「こんなところかな」

ストーリーの全体像をまとめ終わった。個性豊かなイケメンたちが、平安装束や鎧《よろい》に身を包んで、熱い試合を繰り広げる。奇抜な設定だけどテーマは王道だ。定家と雅也の友情や、ふたりの成長が描かれていく。

秋山悠を中心に、実力派の若手俳優による原作再現度は高く、三年前の初演から大きな話題を呼んだ。次世代の二・五次元舞台として大ヒット、一躍人気シリーズとなったわけだが、先日の公演で、漫画連載に追いついた。そのためキャストを入れ替えてシリーズ一作目に戻る、いわゆる世代交代となったわけだ。

人気舞台の主演枠に空きができた。製作会社がフレッシュな顔ぶれを求めるなら、あらゆる事務所が新人を売り出そうと狙ってくる。

負けるわけにはいかない。

役を勝ち取って、マコトを舞台デビューさせる——！

そう意気込んでマコトを見ると、私は異変に気づいた。

「どうしたの……？」

何だか浮かない顔をしている。

「俺、オーディション受けるか迷ってます」

「えっ⁉」

前のめりになりすぎて、椅子から落ちかけた。

「あんなに『まりステ』楽しんでたじゃない⁉」

書類審査の通過後に、今さらそんなことを言われても……。

「舞台はすごく面白かった」

「それなら……！」

「でも！」

私の言葉を遮《さえぎ》ったマコトは、苦しそうに言った。

「俺の夢は、テレビのドラマに出ることだから……」

夢、という言葉に私はたじろぐ。

自然と真琴の影を重ねてしまう。

女優志望だった彼女。アイドル活動を続けた彼女。真琴はドラマが大好きだった。暇さえあれば、今期のおすすめドラマを熱弁してきた。そんな彼女を、私は「目の前の仕事に集中して」と冷たくあしらった。そうして彼女の夢を潰《つぶ》してしまった。

「舞台に出るのは、嫌……？」

私は慎重に口を開いた。まずはマコトの、心のうちを知りたい。

「興味はあります」

「うん」

「だけど舞台って、観に来た人しか観られないじゃないですか」

言いたいことはわかる。自宅で気軽に楽しめる映像と違って、わざわざ劇場に行かないと演劇は観られない。一般の人にとって、舞台鑑賞はハードルが高い。

「だから、舞台よりもドラマの仕事がしたい」

ドラマ出演にこだわるのは、テレビを通して多くの人に観られたいという理由なのだろうか。確かに映像のほうが、より多くの人々に、より遠くの人々に、自分の姿を届けることができる。

「気持ちはわかるけど……」

タレントの希望する道に進ませたい。だからこそ私は説得を試みる。

「あなたには演技の経験がない。まずは舞台に出て、実力をつけたほうがいいと思う」

時間に追われる映像現場より、時間をかけて稽古を重ねる舞台出演のほうが、経験値は得られるはず。

「『まりステ』で注目を浴びればファンがつく。人気が出たら次の仕事につながりやすい。映像の案件だってくるかもしれない」

「舞台からはじめて、ドラマに行けってことですか？」

「今すぐ道筋を決めなくてもいい。どっちが向いてるかなんて、やってみないとわからないでしょ？」

わからないからこそ、挑戦してみる価値はある。

「本当に、それからでも間に合いますか？」

「マコトくん……」

何かに怯《おび》えるようなマコトを見ながら、私は気づく。

今、この子は不安なんだ。

新人俳優は自分で仕事を選べない。このまま舞台の道に進んでしまえば、映像方面から遠ざかると思っているのかもしれない。

「焦る気持ちはわかる。だけど、遠回りだって必要よ。この先、何年も、何十年も、俳優として生きていくのなら、どんな現場でも通用するような人間を目指してほしい」

マコトは黙って、私の言葉を聞いてくれている。

「あなたの夢を叶えるための、これは最初の一歩になる」

確証はない。だけど私は断言した。

やりたいことができるようになるための、ステップアップの道筋を作る。それが私の、マネージャーとしての判断だった。

「……わかりました」

マコトは笑顔に戻った。

「舞台、頑張ってみます！」

説得は成功したように思えた。だけど私は、その瞬発的な切り替わりに、違和感をおぼえる。目の輝きが作りものに見えてしまう。

本心を仕舞い込まれた……？

「まゆりさん、どうかしました？」

「あ……ううん」

考えすぎだ。すぐに納得して飲み込めるわけがない。私のほうこそ焦りすぎた。俳優とマネージャー、少しずつ二人三脚で、同じ方向を向ければいい。

「そうしたら、次は実技に入りましょう」

「はいっ！」

「課題のシーンについてだけど……」

私は一枚の紙を、手元に引き寄せる。


『けまりストライカーズ！ The STAGE』

オーディション用・上演台本（一部抜粋）

テキスト①：藤原定家

夜。羅生門の前で、柳田雅也が三人の夜盗に囲まれている。
鞠《まり》が投げ込まれる。夜盗が「何だ⁉」と、辺りを見回す。
後ろから、藤原定家がシルエットで登場。

雅也「これは……ボール?」
定家「鞠を蹴りなさい。お主の『球ごころ』が見たいのです」
雅也「(振り返って) あんたは?」
定家「余は平安に生まれし蹴鞠の申し子……」

藤原定家が、優雅にその姿を現す。
●効果音
定家「お初にお目にかかる、藤原定家と申します」

ポーズを決める。
●音楽入る、舞台照明変化

短いシーンが、各キャラクターごとに続いている。希望する役を選び、相手役のセリフは飛ばして、ひとりで抜粋箇所を演じてもらうと説明があった。

マコトが選んだのはもちろん藤原定家で、主人公ふたりが最初に出会う場面。アクションシーンが含まれないため、基礎的な演技力や、キャラクターの解釈度、ビジュアル面での適性度が審査されると予想した。

「ここのセリフは憶《おぼ》えてるよね？」

「はい！」

「私が審査員だと思って、一度やってみて」

「わかりました！」

立ち上がったマコトは、手ぶらで部屋の中央に移動する。目を瞑《つぶ》って息を吸い込み、ゆっくりと吐き出した。集中。わずかに空気がぴりっと震える。

「**鞠を蹴りなさい。お主の『球ごころ』が見たいのです**」

第一声。普段よりも低いトーン。するりと一歩前に出ると、

「余は平安に生まれし蹴鞠の申し子……」

目を細めて、不敵に微笑む。

「お初にお目にかかる、藤原定家と申します」

私に向けて目線を移動させながら、やや首を傾ける。右手をかざして、まるで観客を煽《あお》るようなポージング。ここが劇場であれば客席全体から吐息が漏れたかもしれない。計算され尽くしたような動きで、ひとしきりマコトは演技してみせた。一ページだからすぐに終わる。

初めて観る、マコトの芝居。

だけど奇妙だった。どこか見覚えがあったから。

「どうですか？」

マコトに意見を求められる。私は考えを整理するために黙った。

マコトは「完璧《かんぺき》」だった。

流れるようなセリフ回し、高貴さを湛《たた》える微笑み。それは秋山悠の演じる藤原定家に引けをとらない芝居に思えた。いや、引けをとらないどころか、これはまるで……。

「いまの演技は、ＤＶＤの映像を観ながら練習した？」

「はい！」

やはりそうか……。思わず下唇を噛《か》んでしまう。

悪い百点が出てしまった。私はそう結論づけた。

「ちゃんと秋山さんに、似てましたか？」

「そうね、そっくり」

「良かったーーっ！」

ガッツポーズで喜ぶマコト。頭を抱えたくなる私。

「ごめんなさい。私の指示が曖昧《あいまい》だった」

私はすぐさま、マコトの喜びの芽を摘《つ》んだ。

「いまの芝居は、初演の秋山悠にそっくりだった。だけど、あなたが演じるのは藤原定家であって秋山悠じゃないの。参考にするのはいいけど、ただ真似《まね》するんじゃなくて、自分なりの役づくりをしてほしい」

「役づくり？」

ピンとこない様子で、首をかしげる。

マコトは現場経験がない。「研究して」と資料のＤＶＤを丸投げした結果、前の俳優をなぞらせてしまった。役づくりとは、秋山の演じた姿を真似すればいいわけではないだろう。それではキャスト変更の意味がなく、審査員たちも評価してはくれない。

マコトは新人なんだ。方向を見誤らないように、マネジメントには正確な言葉を心がけるべきだった。すぐさま私は反省し、これからのアドバイスについて考える。

「もっと、マコトくんらしい『藤原定家』に寄せていこう」

「俺らしい、ですか？」

「演技力も重要だけど、キャラクター別のオーディションだから、その俳優が『役に合っているかどうか』が問われると思う」

「なるほど！」

「だから参加者の誰よりも、定家らしい振る舞いを身につけたい」

「役になりきる、ってやつですね！」

役になりきる。簡単なことではないだろう。役というのは架空の存在。すでに正解があるものではない。原作漫画を読み込んだ上で、舞台版の立体的な像を摑む必要がある。

「なりきる……なりきる……あっ！」

ぱっとマコトが身を乗り出して、

「任せてください！　定家になりきってみせます！」

胸に拳《こぶし》をあてて、自信満々に白い歯を覗かせた。

「何か閃《ひらめ》いたの？」

「オーディションの日まで、お楽しみです」

「何それ？　教えなさいよ」

遊びじゃないんだから、そんなふうでは困る。

しかし今度は一転して「まだうまくいくかわからないんで」と遠慮がちに身を引いた。どうやら説明する気はなさそうだ。

「わかった。やりたいようにやってみて」

本人にゆだねる部分は、言葉通りに任せてみよう。

「もう一回、芝居を見てもらってもいいですか？」

「あ、待って」

マコトが再びスタンバイに入るのを、私は制止する。

「試しに、新しい練習をしてみない？」

言いながら、デスクの上からコピー用紙の束を手に取った。

「何するんですか？」

「読み合わせの稽古」

「えっ、読み合わせ？」

クリップ留めした紙の束は二部。その片方をマコトに渡す。私もオフィスの床にしゃがみこんだ。マコトを見ると、紙をめくりながら目を丸くしている。

「これって……『まりステ』の台本!?」

「そう、シリーズ一作目のやつ全部」

「ええっ⁉」

わかりやすくマコトは驚いてくれた。苦労が報《むく》われて嬉しい。

台本は実技審査で使う箇所しか送られてきていない。これは私が、DVDを観ながら書き起こしたものだ。

「これを使って、読み合わせをしましょう。課題部分だけを練習しても、きっと役は掴めない」

DVDを観ながら考えた。私に何ができるのだろうと。演劇について勉強中なのはマコトと同じで、プロの演出家のように演技指導する自信はない。だけど、できることはあるはず。そう思って何度も映像を繰り返して再生するうちに、メモ書きのために台本が欲しくなった。そこで書き起こすことを思いついた。最初から最後まで台本があれば、練習の幅が広がる。ちまちま一時停止と早戻しをするのは骨が折れたけど、時間さえかければ私にもできた。私にできることなんてこれくらいだ。

「物語全体を通して、あなたの演じる藤原定家が何を考えて、どんなふうに動いているか……セリフを言いながら、それを感じてみて。DVDを観るよりも多くのヒントが得られると思う」

この二ヵ月半、彼を観察してわかった。マコトは考えるより先に、アクションを起こすタイプ。それなら積極的に行動させたほうがいい。稽古することで何かが見えるはず。

「ト書きは飛ばします。定家以外のセリフを、私が読むね」

「ありがとうございます！」

マコトが台本を持ったまま立った。つられて私も腰を上げる。

今からノンストップで二時間、マコトと私で、セリフの掛け合い……意識すると急に喉《のど》が渇きはじめた。ただセリフを読むだけなのに、変な緊張が膨れあがってくる。

一枚目をめくった。プロローグ。最初は柳田雅也のセリフから。

「**……次のシュート、俺が決めてみせる！**」

不思議な感覚。自分じゃない誰かの言葉を、誰かになりきって口にする。なんて特殊なことを俳優は行っているのだろう。

「**もうスランプだなんて言わせない。行くぞ！**」

声は小さくて、こもりがちな音。やっぱり素人の棒読みだ。読みながら羞恥心《しゅうちしん》がこみあげる。だけど必死で振り払った。オーディションに挑むのはマコト。私の姿は誰も見ていないのだから、恥ずかしがることはない。

「**これは……ボール？**」

読んでいくと、すぐに先ほどのシーンがやってくる。

「**鞠を蹴りなさい。お主の『球ごころ』が見たいのです**」

マコトが私に、セリフを返してくる。私もそれに応える。

「あんたは？」

「余は平安に生まれし蹴鞠の申し子……」

マコトの声が、さっきよりも柔らかい。相手がいたほうが練習になるのかも。

「お初にお目にかかる、藤原定家と申します」

そうして私たちは、セリフのやり取りを続けていった。

タレントと一緒に練習する——とても新鮮だった。アーカムプロでは、こんな機会はなかった。アイドルグループには専門のコーチがいたし、そもそもレッスンに携わるのはマネージャーの範疇《はんちゅう》ではないと考えていた。

天神マネジメントでは何でも屋になろう。何でも動いてみて、わずかでも力になりたい。

「……あれ？」

中盤に差し掛かり、私はセリフをとめた。マコトが台本ではなく私の顔をまじまじと見ている。

「ねえ、ここ飛ばしたほうがいい？」

しばらく私だけがしゃべっていた。藤原定家が出ていないシーンも当然ある。マネージャーがひとりで何役ものセリフを読むだけの時間……これは果たして、マコトの練習になるのだろうか？

「ひとり芝居みたいですね！」マコトは楽しそうに、「ひとりで何役もやる場合は、声色とテンション、声の大きさを変えたりするといいですよ」

「私へのダメ出しはいいのよ！」

そうは言いながらも、再び台本に目を落とした。せっかくだから飛ばさずに読んでいこう。

慣れてきたのか、徐々に私の声量も上がってくる。喉に絡んでいた紐《ひも》がほどけたみたいに、すらすらと言葉が口から出た。素人の私ですら、練習すれば良くなるのだ。この本読みには絶対に意味がある！

私たちは繰り返し、台本のセリフを声に出していった。

「今日はここまでにしましょう」

もう二十二時。あっという間だった。

「ありがとうございました！」

マコトが足を揃えて頭を下げる。たまに敬語を忘れるし、礼儀知らずに見えるときもあるけれど、根は真面目《まじめ》だなと思う。

「これから毎日、午前中に読み合わせしよう」

「はい！」

「セリフが頭に入ってしまうくらい、ひとりでも練習してみて」

マコトのなかに、自分なりの藤原定家が出来上がるためには芝居全体のストーリーを頭に浸透させるべきだと思った。

「わかりました。いっぱい練習します！」

マコトは胸元に抱えていた台本を、大切そうにリュックに仕舞う。

「絶対、合格しようね」

私は強く言った。審査員たちに、舞台ファンの人たちに、どうしてもマコトを選んでほしい。次の藤原定家は「この子しかいない！」と納得させたい。その想いは膨らんでいくばかり。

「任せてください。お疲れさまでした！」

自信満々に言って、元気よくマコトはエレベーターに乗り込んだ。


ひとりになった私は、改めてマコトのプロフィール用紙に目を落とす。立ちあがり、オフィス内をうろうろしながら、考えを巡らせる。

どこだ。どこに彼の武器がある——？

優雅さとクールさを併せもった藤原定家というキャラクターを、どのようにマコトが演じれば合格できるのか。模擬面接と読み合わせを振り返りながら、マコトの顔写真を、穴が開きそうなくらい見続ける。

「あっ」

するりと用紙が滑《すべ》り落ちる。慌てて拾おうと屈《かが》んだせいで、眼鏡まで落としてしまう。

ふいに視界が大きく揺れた。

バサバサッ！

床に散らばる紙の海。無数のプロフィール用紙に貼られた何十人もの顔写真が、一斉に私を見る。

……幻だ。すぐさま私は自覚した。

落とした眼鏡をかけ直すと、マコトの用紙が一枚だけ。それも裏返って白紙を晒《さら》していた。

厭《いや》な記憶というのは、いつもコントロールできない。望んでもいないタイミングでフラッシュバックする。

「おい菅原」

冷徹な声が耳に蘇《よみがえ》る。

「菅原。誰でもいい、選べ」

アーカムプロに入社して、すぐにやらされたのが書類選考。事務所には毎日、膨大な量のプロフィールが届いた。封書とメール合わせて一日二千通。大手事務所への所属希望者は後を絶たず、紙束がデスクにそびえ立った。

「そのなかから二十枚だけ残せ」

与えられた時間は三十分。

「む、無理です」

選考基準もわからないまま、ひとりで選べるわけもない。私が言うと、上司は積まれたプロフィール束をひと摑みして空中に放り投げた。視界が紙で覆われる。不規則に揺れながら降りそそぐ用紙。デスクも床も、紙の海になる。

「表向きになってるやつだけ集めろ」

混乱した頭で必死にかき集めると、「一次選考終了」と上司は告げた。まわりの同僚たちは、こちらに意識を向けることなく、淡々とデスクワークに勤《いそ》しんでいる。

「これを繰り返せば、すぐに絞り込める」

空いている会議室でも使って、続きをやるように促《うなが》された。

「そうやって、選ぶんですか……?」

動揺をおさえながら訊いた。冗談にしては面白くなかった。

「こいつらには期待していない。養成所に入れるなり、エキストラ会社に斡旋《あっせん》するなり、まとめ売りする。……さっさと選考を終わらせろ」

新卒一年目にとって、上司の命令は絶対だった。

「……一人ひとり、見てあげるべきです」

だけど我慢できずに言葉があふれ出す。

「まだ売れてなくても、夢をもった人たちですよ?」

「人じゃない」

上司の声が獰猛《どうもう》さを帯びる。

「タレントは商品、物だ」

と、真っ向から切り捨てた。

売り方は我々が決める。商品に価値をつけて、高く売る。それがマネージャーの仕事だと教えられた。新卒一年目の私には、到底受け入れられなかった。

だけど次第に染まっていく。上司の流儀に。会社のやり方に。

私にも、マネジメントするタレントができたから。

私にも、彼女の夢を叶えるという夢ができたから。

そうして行きついたのは——。

「人殺し」

やめて。

「殺人マネージャー」

やめて!

私は我にかえった。雨音がきこえる。

窓の外は暗い。今年の梅雨は長引きそうだという気象予報を思い出してうんざりする。私は裏になった用紙を拾いあげて、オフィスチェアに座りなおした。

額の汗をぬぐって目を閉じる。

アーカムプロでの三年間、私は上司のもとでがむしゃらに働いた。仕事のいろはを叩《たた》きこまれて昼も夜もなく走りまわった。書類の束と栄養ドリンクの空瓶《あきびん》でデスクは埋もれた。休日どころかプライベートの時間もなかった。

今だからわかる。あのころは、仕事ができていたわけじゃない。ただ思考を停止させて、命令されるがまま動いていただけ。

「タレントは商品、物だ」

かつての上司は言った。ひとを扱う業務なのに、ずっと孤独だった気がする。担当する女性アイドルグループをスターダムにのし上げようと、結果を出すことばかりに集中し、タレントとは心の距離をとって、個々人と向き合うことも忘れていった。「三年目のホープ」だなんて持ち上げられて、暴走していった。

「まゆり。うち、もう疲れた」

迎えたのは、最悪の終わり方。

同じ過ちは繰り返したくない。

だからこそ私は、天神では仕事のやり方を変える。マネージャーにマニュアルはない。タレントの数だけ方法があるはず。

マコト。十九歳の男の子。

まだ誰にも見つけられていない、俳優の卵。

今度こそ、ひとりの芸能人生に貢献したい。以前とは違うやり方で、結果を出してみせる。自分の信じるマネジメントを見つけてみせる!

「あれ?」

ふと、エレベーターの階数表示が目に留まった。

ランプは「5」と表示している。しばらく動いた気配がない。

私は気になって、ボタンを押してエレベーターを呼び寄せた。初めて上のフロアにあがってみる。このオフィスは四階で、五階は倉庫として使っていると社長から説明があった。

ドアが開くと、パーテーションで区切られた小部屋が並んでいた。フロアの奥のほうだけ、蛍光灯がついている。

そこかしこに段ボール箱やビニール袋、プラスチックケースが積まれている。「ヤミテラス イベント衣装」「ヤミテラス グッズ在庫」などの黒マジックの殴り書きが見えた。銀のアタッシュケースや三脚ケースといった、撮影機材らしきものまで置いてある。小さい会社ながら、保有している資材は多いようだ。

明かりのついた奥のほうへと進んだ。

突き当たりの部屋のドアノブを回すと、

「きゃあああっ！」

出したことのない悲鳴が口から飛び出した。

部屋の真ん中で、パンツ一枚の男が漫画を読んでいる。

「あ、まゆりさんだ」

「家か！！！」

私が思わず突っ込むと、

「はい、先週引っ越しました！」

マコトは飄々《ひょうひょう》と言ってのける。

「ま、待って、どういうこと？」

理解が追いつかない。

なんでこの子、事務所に住みついてるの……!?

「社長が、この部屋を使っていいって」

「はあ？」

「路上で稼ぐのやめたんで、家賃が払えないんですよー。アパートも引き払いました！」

六畳ほどの個室には、小さなベッドとローテーブルが置かれ、服やら本やら積まれているけどゴミは散らかってないので清潔感があった。そういう問題じゃないけど。壁には大きなベニヤ板や、長めの角材が立てかけられている。床には工具セットらしきケースも。よく見るとマコトが座っているのは、踊りながら作ろうとしたチビ椅子だった。

「一応訊くけど、貯金はあるの……？」

「ありません！　あはは、崖《がけ》っぷちですねっ！」

あっけらかんと言ってのける。

「いや、それならバイトしなさいよ！」

「オーディションのほうが大切です！」

マコトの手には、『けまりストライカーズ！』のコミックス。ところどころに付箋《ふせん》が貼ってある。研究熱心なようで何より……。

「絶対、合格してみせます！」

「……せめてズボンくらい穿《は》きなさい」

そう伝えて、扉を閉めた。

オフィスに戻ってパソコンを開いても、なかなか集中できない。この上にマコトがいると思うと、見たばかりの半裸が浮かんでくる。男の肌なんて父親のくらいしか生で見たことがない。未成年の子どもとはいえ、女子校育ちには刺激が強すぎる。次からはノックを忘れないように気をつけたい。

それにしても……。

マコトは極端すぎる。路上パフォーマンスをやめろと言ったのは私だけど、だからって、住処《すみか》まですぐに変えられるものだろうか。私なら絶対無理だ。もっと慎重に事を運ぶ。

『まりステ』の楽屋挨拶でもそうだった。興味の赴くままに飛んでいく。その素直な行動力は評価したいけど、むしろ私は危機感を抱いた。

素直と軽率は紙一重。勝手気ままずぎるのも考えもの。偉い人の怒りを買ったり、先輩に失礼を働いたりすれば終わりだ。この業界は「やらかし」に容赦がない。一度の失態で、追放されることだって……。

「ふふっ」

それでも私のなかに、おかしさが自然と芽生《めば》えてくる。

馬鹿みたい。私が思い詰めていたとき、マコトはパンツ一枚で漫画を読んでいたのか。

タレントとは不思議な生き物だ。マネージャーが管理しようにも、予想のつかない行動を取っていく。

思い通りになるわけない。だって同じ、人だから。誰かに管理された商品や物ではなく、生きた人間だから。

私は気を取り直して、プロフィールに加筆する。

審査員の評価欄に、「素直さ」「行動力」と書いてみた。

――悩んでいてもはじまらない。

彼の好奇心が、吉と出るように舵取《かじと》りをする。それがマネージャーの役目だろう。

3

……魔物でも出るんじゃないか。

古びた階段を降りながら、引き返したくなった。

目指すは天神ビルの地下一階。今宵《こよい》もＢＡＲ「天岩戸《あまのいわと》」の看板は立っている。いつも階段の下には闇《やみ》が広がっていて、こんなところで商売できるのかと気になっていたけど、まさか足を踏み入れる日がこようとは……。

バーなんて一人じゃ絶対に入らない。アーカム時代には「仕事の延長」と称して六本木《ろっぽんぎ》だの西麻布《にしあざぶ》だの散々連れまわされたけど、何が楽しいのかわからなかった。お酒は嫌いじゃない。どうせなら気の合う人と静かにサシ飲みか、家で深夜テレビを眺《なが》めながら缶ビールを楽しみたい派。会員制のラウンジやら、大きなクラブハウスのＶＩＰルームなんてもう最悪。芸能人ぶりたい大人たちのお遊戯《ゆうぎ》に混ざりながら、一刻も早く帰りたいと願ったものだ。

階段を降りきると重厚な扉。小さくＭｅｍｂｅｒｓ　ｏｎｌｙとある。

覚悟を決めて扉を引いた。控《ひか》えめに鈴の音が響く。

「いらっしゃい」

男の声。薄暗くてよくわからない。こぢんまりとした空間が奥に延びている。扉を閉めて前に進むと、カウンター越しに、痩《や》せた男性と目が合った。黒いシャツに灰色のベスト。几帳面《きちょうめん》になでつけられた白髪のせいか、洋画に出てくるダンディな老執事のような佇《たたず》まい。

木製のカウンターに沿って吊《つ》るされたランプが琥珀《こはく》色に店内を照らしている。床も板張りで、踏みしめるたびにギシギシと鳴った。

「あー、来たんじゃない？」

奥のほうから声がして、目を凝らすと人影が動いた。歩み寄っていくと、私の背後にも人の気配。

「お疲れッス、菅原マネ！！！」

予想した百倍の声量に私は飛び跳ねる。振り返るとやっぱり神武武士。脇《わき》のトイレから出てきたようだ。

「待ってました、さあさあ！」

両肩を押されながら誘《いざな》われる。カウンター席をすぎると、入口から死角になったところにテーブル席がひとつ。

そこには全員が揃っていた。

「本日の主役は、奥へ奥へ！」

奥とは言っても二人掛けのソファーがテーブルをはさんで置いてあるだけ。先客の隣に腰をおろすと、武士がさらに詰めて座ってきて、たちまち両サイドを塞《ふさ》がれた。

「あ、あの……！」

四人の男に囲まれる私。隣の子はｉＰａｄで動画を観ていて、顔をあげるそぶりもない。テーブルの向かいには、優しそうに微笑む面長の青年と、興味深そうにニヤける褐色の青年が並ぶ。

「どうぞ」

ビールを運んできたのは老執事。マスターなのだろう。私が細長いグラスを受け取ると、

「それでは、菅原マネの歓迎会をはじめるッ！」

武士が高らかに「乾杯！」と音頭を取った。言われるがままグラスを掲げる。だけど乾杯に応じたのは私だけだった。

「なんだお前らノリ悪ぃぞ！」

武士が強引に立ち上がる。横から圧迫された私はさらに身をすくめる。

「おっさんうるさい」

隣の子が毒づいた。聞き心地のいいハスキーボイス。

「おっさん言うな、まだ未成年だ!」

武士が言い返す。体格や顔立ちで年長者にみえるけど、彼はメンバー最年少でマコトと同じ十九歳。手に持ったグラスは、色合いから察するにコーラだろう。

「ねえねえ、なんで天神にきたのー?」

褐色の青年が、身を乗り出してくる。うわすごい、ドレッドヘアって生で初めて見た。ちりちりごわごわでカッコいい。というか顔が近いな。

「落ち着きなさいAZ《エーズィー》氏。先に名乗るのが礼儀です」

たしなめた面長の青年が、そのまま先陣をきる。

「秋津寺麿彦《あきつでらまろひこ》と申します。以後、お見知りおきを」

ゆったりとした口調からうかがえるのは育ちの良さ。立ち上がると頭が天井すれすれで心配になる。百九十センチはありそう、まさにモデルとしてのポテンシャルも抜群。宣材写真と同じく、ドレープの効いた黒装束を全身にまとっていた。絶対ヨウジヤマモトのシルク生地《きじ》だ。

「あ、よろしく――」

「続きましてAZって言いますよろしくぅ」

麿彦との会話は、褐色の青年に遮られた。手を伸ばしてきたので握手かと思ったら、自然にハイタッチに誘導される。チャラい。

「てか、まゆりちゃん若いよね、可愛いかも」

チャラい！　そしてまたしても顔が近い。きれいに並んだ白い歯が目をひいた。でも距離感に不快さがないのは、きっと生まれもった雰囲気に由来するのだろう。日系ブラジル人というプロフィール通り、AZは陽気な兄ちゃんといった感じ。彼のダンスパフォーマンスは若手俳優のなかでも群を抜いていると聞く。

「やめとけAZ」武士が右手で押し戻して、「次はコータロー」

呼ばれた張本人は微動だにしない。

栗色《くりいろ》の毛がくりんと可愛らしいけど、そのあからさまな愛想《あいそう》のなさに、私のほうが緊張を強《し》いられる。

「……ッたく、しょうがねえな。そいつは皇《すめらぎ》太郎《たろう》。通称コータロー。まあよろしく頼むッスわ」

武士が代わりに紹介しても、タブレットの画面を凝視したまま。肩に白いフリルのついた水色のブラウスが、より体格を小柄《こがら》にみせていた。私は遠慮がちに「よろしくお願いしますす」と言ってみる。特に何も起こらない。

「そしてトリはこの俺ッ！」

武士は改めて私に向きなおって、

「神武武士！　ヤミテラスのリーダーっス！」

盛大に自ら拍手する。楽屋前で会ったときと変わらず、瞳《ひとみ》が炎のようにギラついていた。

自己紹介が一回りした。私はやっとのことでビールに口をつける。ふう。泡《あわ》がきめ細かくて美味《おい》しい。

神武武士、皇太郎、秋津寺磨彦、AZ。

目の前に、人気俳優集団のメンバーが集結している。

事務所ビルの地下、隠れ家的なバーに私を呼んだのは、他ならぬ彼らだった。

武士から歓迎会のお誘いが社内メールに届いたのは今朝。天神社長に伺うと、彼らが自主的に企画したとのこと。「あたしは先約で行けないけど、みんないい子だからよろしくね」と言われ、何をよろしくされたのかわからないが、こうして仕事終わりにやってきた次第である。

突然とはいえ、渡りに船だった。

彼らには訊きたいことがあった。

さて、どう切り出したものか……。薄明かりが、彼らのオーラを殊更に際立たせる。ま

るで妖《あや》しげな美少年たちの秘密の集い。私が出方を探りながらビールをちびちびやっていると、

「自分いつでも踊れるんで仕事くださぁい」

と、ＡＺに営業される。

「仕事なんざ、てめえで取ってこい」

武士が横槍《よこやり》をいれる。

「あの、そういえば皆さんのマネージャーは？」

私が尋ねると、なぜか妙な空気になった。満場一致で「あ〜」という含み笑い。えっ、私いま変なこと訊いた……？

「いるにはいるけど、自分らで動けっから！」とＡＺ。

「社長は自主性を尊重してくれますからねえ」と磨彦。

「いやーこの自由さがありがたいンスよォ！」と武士。

なるほど。社長に聞いたのと同じ回答。ヤミテラスは社長と、もう一人のマネージャーが担当らしいけど、そちらはいまだに姿を見かけない。社長は毎日出社していると言っていた。部屋が違うのだろうか。妙に謎の多い会社だ。

「とにかく菅原マネ！」

またしても起立する武士。落ち着きがない。

「ぜひとも天神マネジメントを盛り上げてくださいッ！」

「う、うん、頑張るね」

「新人くんにも会いたいですねぇ」

のんびりと麿彦が言う。

「そうだマコト、奴にも期待だな！」武士が合いの手を入れて、「何たってあいつは『まりステ』魂の継承者だッ！」

「ま、まだ決まったわけでは、オーディションが……！」

耳が早い。おおかた社長が話したのだろう。

「楽勝ッスよ、マネージャーが弱気になってどうすンスか！」

勢いで鋭いところを突いてくる。確かにその通り。だけど先走って盛り上がるわけにもいかなかった。

「……で、肝心の張本人は？」

棘《とげ》だらけの言葉は、隣から発せられた。

彼は初めてタブレットから目を離して、

「新入りちゃんなら、先輩に挨拶くるのが筋なんじゃねーの？」

と、私を睨みながら言う。機嫌が悪そうに組まれた足は、それでも艶《なま》めかしくスカートから伸びていた。

皇太郎。その愛くるしい見かけとは裏腹に、可愛げは微塵《みじん》も感じられない。俳優業と併行して、「男の娘メイク動画」を配信する人気ユーチューバー。ヤミテラスのかわいい担当である彼は、ファンサービスの鬼との噂《うわさ》だった。その反動で、私生活では無愛想《ぶあいそう》なのだろうか。

「なんで今日はいねえの？」

「俺はふたりとも誘ったぜ」

武士が心外とばかりに私を見る。

「や、それが……」

マコトに連絡したら「行けないです！」と即答された。

当然かもしれない。『まりステ』のオーディションが明日に控えている。私はその旨を説明して、「準備で忙しいみたい……」と、角が立たないように弁解した。血気盛《さか》んな若手俳優たちなら「景気づけに来い！」と言いかねない。

ここしばらく、マコトとは午前中にしか会っていない。読み合わせの練習後は、すぐにどこかに出かけていく。日中は五階を訪ねても留守だった。外で何をしているのだろう。社長がドアに鍵《かぎ》をつけてあげたので、部屋の様子もわからなかった。夜になると帰ってくるけど、「ドドドド」という不気味な機械音が、デスクの真上から響いてくる。

何かしているのは確かだけど、詮索《せんさく》はしなかった。どこまでがプライベートか判断に迷うし、あまり踏み込みすぎるのもよろしくない。

「ふーん、オーディションの準備ねぇ。なら仕方ねぇ」

意外にもコータローが最初に引き下がる。

「オーディションたって何の準備が要るんだよ、当日やるだけだろ」

武士は不思議そうに首をかしげた。

「事前にやれることはたくさんありますよ」

磨彦がそう言った流れで、私は「あの……」と尋ねる。

「オーディション合格に必要なことって何でしょう?」

四人が一斉に私を見た。場が静まる。

これが私の訊きたかったこと。他のタレントにアドバイスを求めるなんて以前は考えられなかった。だけどせっかく目の前に、旬の若手俳優が揃っているんだ。頼らない手はない。

最後に何か、マコトにもっとアドバイスできないか。私は先輩たちの言葉を求めた。

「そんなのわかんねぇし」コータローが無下に言う。「攻略法があるんなら、俺が知りてぇよ」

「いやッ違うッッ!」

武士は拳を固く握って、強く胸を叩いた。

「大切なのはいつだってソウル！　生身の人間が魂を削って演じるから、エネルギーが生まれるんだ！　どれだけ熱量を出せるかで勝負がきまるッ！」

武士らしい直情型のスタンス。

「誰よりも、熱いソウルを見せてやれッ！」

よくわからないけど、結果を出してきた者ゆえの説得力があった。そのほとばしる情熱で、彼は竜のごとく駆け昇っているのだろう。

「古くさい根性論はやめなよ」

またコータローが異議を唱える。

「すべては、どれだけ審査員に気に入られるか。オーディションの場でライバルと競う必要なんてないね」

「実技審査があるだろうッ！」

「あんなのまともに見てないって」

「なッ、そんなわけあるかァァ！」

不毛な言い合いが勃発《ぼっぱつ》してしまった。このふたりは水と油のよう。

「やめなよ〜」AZが仲裁して、「武士の言うこともわかるよ。その場のノリって大事」

「おお、そうだよなァ!?」

「人生はいつだって即興のセッションさ」

「そうだそうだ、一瞬一秒が本気のエチュード！」

「イエア、ブチかませフリースタイルな生き様！」

話が見えなくなってきた。私は成り行きを見守っている麿彦に目を向ける。

すると彼は、「菅原氏は優しいですね」と微笑んだ。

「マコト氏のためなのでしょう」

「それはだって、マネージャーですから……！」

なぜか恥ずかしくなって目を逸《そ》らす。麿彦は少し考えて、

「そうですねえ、私はいつも調べ尽くします」

「作品について……？」

「中身はもちろんですが、主催の製作会社、スタッフチーム、過去の出演者、脚本家の作風、演出家の人柄、ファン層からネットの評判まで、とにかく世に出ているデータをすべてインプットし、とりわけ雇用主、オーディションでいえば各審査員が、何を求めているかを考えて演じます」

「な、なるほど」

「そういう意味では、私は事前準備が百ですね。データを分析し、用意したプレゼンテーションを恙《つつが》無《な》く行う。審査される場とは、そういうものだと心得ております」

緻密《ちみつ》で計算高い。いちばん参考になると思った。

「そうかなあ〜」退屈そうにＡＺが言う。「準備してきたことをそのままやられても冷めちゃうわぁ」

「データは裏切りません。試験勉強と一緒です」

「うげ、テストなんて自分、受けたことないよ」

本気で嫌そうだ。ブラジルってそういうの無いのだろうか。

「麿彦は頭でっかちなんだよ。データよりも日々の鍛錬ッ！」

これみよがしに武士が力こぶを見せつける。

「脳筋のおっさんが何か言ってるー」

「うるせえ、いいかコータロー。芝居ってのはなァ……！」

ここで一気に火がついて議論はヒートアップ。それぞれみんな、ばらばらの意見をぶつけ合う。ああでもないこうでもない、お前のやり方は違うだの、精神論は聞き飽きただの、侃々諤々《かんかんがくがく》の盛り上がり。口をはさむ余地はなく、ただスピーディに展開される若手俳優の演技論を聞き逃すまいと、私は必死に耳を傾けていた。

「わ、もうこんな時間！」

気がつけばテッペン越え。走れば何とか最終電車に間に合う。彼らは当たり前のようにオールするのだろう。

「歓迎会、開いてくれてありがとうございました」

席を立って四人に言うと、

「敬語じゃなくていいのに」

と、AZが笑った。そうかもしれないけどまだ距離感が摑めない。

出口に向かうと、マスターが扉を開けて待っていた。

「あ。ビール、美味しかったです」

「いちばん大切なのは」マスターは柔和に笑って、「信じることでしょうか」

「え?」

「俳優にとって、自分を信じてくれる人がいる——こんなに心強いことはありません」

「あ、あの……えっと」

突然のことで、どう応えていいかわからない。

「さあ、お急ぎください」

促されるままに、私は階段を駆け上がった。

外に出る。真っ暗で蒸し暑い。

振り返って天神ビルを見上げた。五階に明かりが灯《とも》っている。マコトの自宅(?)に顔を出したかったけどそんな余裕はなく、私は恵比寿駅に向かって走り出す。走り出すと言えるほどのスピードは出ない。ハイヒールが憎々しい。なんでこんなに走りにくい靴が二十一世紀まで進化せずに生き残ったのだろう。みんなで一斉に脱げばいいんだ。そう思ってもスニーカーで現場に出向く勇気はないし、背が低いから「ぺたんこ靴」は履きたくない。

「やば……」

改札を抜けて山手線《やまのてせん》のホームへあがる階段の途中で、発車ベルが鳴りやんでしまう。ダメだ、間に合わない。見事に終電を逃した。とぼとぼ引き返して、東口のロータリーでタクシーを待った。

そんなに遠くはないけど、自腹でタクるのは損した気分……マコトの部屋を見上げた分のタイムロスが悔《く》やまれる。いや、マスターとのやり取りの時間か。私はそこでようやく気づく。あの言葉は、私の質問に対する答えだ。俳優を信じる——まさか、マネージャーにとっての「オーディション合格に必要なこと」を、バーのマスターから教わるなんて。

乗り場の列が進み、タクシーに乗り込んだ。後部座席のシートに背中をあずける。

今夜はヤミテラスのエネルギーを目の当たりにした。しゃべるだけで、大きなパワーが場に生まれる。こっちまで活力をお裾《すそ》分《わ》けされた。

——楽しかったな。

遅れて実感がわいてくる。飲み会なんていつぶりだろう。ここ一年、誰かと会うこともなかった。お酒は深夜に寂《さび》しさを紛《まぎ》らわせるツールになっていた。

タクシーは渋谷《しぶや》を抜けて新宿に入る。繁華街を避けているのか、人通りもなく、静かな景色が流れていく。

歓迎会の余韻に浸ってばかりもいられない。やるべきことをやらないと。

だけどマコトにとって有効なアドバイスを得られたか、といえば怪しかった。

むしろ焦りがつのるばかり。私は、四つの正解を目撃した。彼らは四人ともオンリーワンの道を歩んでいる俳優たち。

ナンバーワンじゃなくてオンリーワン。芸能界はキャラがかぶると生き残れない、生き残るには理由がある。演技が上手いだけで仕事がくるほど単純な世界でもないだろう。

彼らの個性は一言で言い表せる。それに比べてマコトは薄い。素直で行動力がある、そんな程度では一般人と変わらない。

俳優は役を演じる人間。だからこそ、本人の個性は打ち出しにくい。どんな俳優を目指すのかを考えなければ、たちまち埋もれてしまう。

マコトの、俳優としての方向性。

それを見つけるためにも、まずは現場に出ないとどうしようもない。売れていれば次のチャンスはやってくる。でもチャンスをつかむためには、経験と実績がものを言う。必要なのは最初のとっかかり。でもじゃあ、現状のマコトがどうやって実技審査を戦う……？

ああ、堂々巡りだ。

頭が重くなってきた。今さらアルコールが回ってきたみたい。

赤信号。首都高の下の交差点でタクシーが停車する。横切る車は停《と》まることなく、ヘッドライトの明かりを流星のように残して、いなくなる。

オーディションは待ってくれない。

いっそがむしゃらに走ったら一等賞を獲《と》れないだろうか。

そんな投げやりなことを考えながら、それでも走るのは私じゃないということに、歯がゆさをおぼえた。

＊

「だから丸ノ内線って言ったじゃない！」

私はスマホ越しに声を張りあげる。

オーディション当日。会場となるスタジオ前で待ち合わせのはずが、マコトは電車を乗り間違えて絶賛遅刻中だった。

『新宿〜って付く名前の駅が多すぎるんですよぉ』

「いいから一旦《いったん》戻って、乗り換えなさい！」

なんで西新宿駅と新宿西口駅を間違えるのか。

「だいたい、もっと早く家を出ればよかったでしょ」

『服を着るのに時間かかっちゃって！』

「そんなのは前の日に決めておきなさい！」

『着るのが難しくて大変なんですよ……』

着るのが難しいってどんな服を選んだのよ。

『あっ電車きました、乗りますね～』

マコトは落ち着いていた。私だけテンパって馬鹿みたい。腕時計を見ると十二時五十五分。あと五分でオーディションがはじまる。

「到着時間わかったらメッセで連絡して！」

気をつけて急いでよと言い残して、通話を終わらせる。

日差しが眩《まぶ》しい。七月の太陽に焼かれてすっかり汗だく。べたつく額をハンカチで拭《ぬぐ》い、私は先に建物のなかへ。くねくねと入り組んだ廊下を走って、指定の部屋番号を見つける。覗きこむように入室すると、

「受付はお済みですか？」

と、長机の前に立った女性に声をかけられる。

「マネージャーさんでいらっしゃいますか？」

「は、はい、そうです……！」

「所属とタレント様のお名前をどうぞ」

天神マネジメントのマコトですと伝えると、番号札を渡された。

「あちらでお待ちください。ところでご本人様は？」

「ああ、ええと、トイレが長引いておりまして……」

私は懸命に、申し訳なさそうな顔をつくる。スタッフは気に留めず、「間もなくはじまります」と、受付を終わらせた。失格にはならずに済んだ。

広いスタジオだった。若手俳優たちが、五十人くらいか、部屋の中央に固まって座っている。壁に沿って並べられた椅子には、付き添いのマネージャーと思《おぼ》しき人たちが並ぶ。

私は入口近くに空席を見つけて腰をおろした。ここなら会場全体を見渡せるし、俳優たちの表情もとりやすい。

会場の扉が閉められた。

「時間になりましたので配信はじめます」

幾人ものスタッフが動き出す。前方に設置されたビデオカメラが俳優たちをとらえ、天井から引き出されたロールスクリーンに大きく映しだされる。

スクリーン手前の、長机に座るのは特別審査員の三名。

プロデューサー、演出家、そして秋山悠。

この審査員と、ライブ中継を観ているファンの投票で、合格者が決まる。希望の役を勝ち取るには、ポイントの最上位を狙う必要があった。

「ただ今より『けまりストライカーズ！　The STAGE』新キャストオーディションをはじめます！」

「「「よろしくお願いします！」」」

力強い俳優たちの群唱が、場内を揺さぶった。

配信映像の横に、次々とコメントが表示される。大人気舞台のキャスティングを、多くのファンが全国から見守っている。

「番号順に呼んでいきます。簡単な自己紹介のあとに、希望する役名を言って、指定箇所の演技を披露してください」

マコトの番号は二十九番。呼ばれたときに不在なら言い逃れはできない。遅刻の時点で減点は免《まぬが》れないから、実技で挽回《ばんかい》できることを祈るほかなかった。

審査はスムーズに進んでいく。

やっぱり主演狙いの人が多い。藤原定家と柳田雅也の希望者がほとんどを占めた。当たり前だけど激戦だ。

一次の書類選考をクリアしただけあって、みんなルックスのポテンシャルが高い。養成所の合同プレゼンとはレベルが違う。これは実戦。俳優たちの顔つきもまるで違う。

しっかし、すごいな……。

私は若手俳優たちより、真ん中に座る審査員に釘付けだった。

ピンクのツインテールに真っ赤なリップ。まつエクの施された大きい目を見開いて、頬《ほお》杖《づえ》をつきながら笑みを浮かべる女。イギリスから来た十代のロックシンガーと言われても納得しそうな、漆黒と紫色のパンクファッションなのに、肩からギターは下げていない。

圧倒的存在感を誇る彼女の肩書きは、舞台演出家。

あれが胡桃沢《くるみざわ》ミルク……生で見るのは初めてだけど、噂通りのキャラの濃さ。

二十四歳の若さでミュージカルや二・五次元舞台を次々と手掛ける女性演出家。かなりの変人で周りも手を焼くが、ヒット作を連発する「風雲児」といわれている。原作ファンをも熱狂させる緻密な脚本構成と、何でもありのブッ飛んだ舞台演出で、一躍『まりステ』ブランドを確立。最近まで演劇界の情勢に疎《うと》かった私ですら、彼女の名は知っていた。

演出家の目に留まりたい。はたして胡桃沢ミルクはどこを視《み》ているのか。選考基準を探るため、じっと観察をつづけるが、終始ニコニコと愛嬌を振りまくだけで、表情の変化は見られない。テンション高めの外見なのに大人しい。

何だか私には、退屈さを隠しているように思えた。キャストの決まる大切な場面で、そんなことはあり得ないと思うけど……。

ひとり、また一人と、実技を終えていく。

順番が無慈悲に迫りくる。ポケットからスマホを覗かせて確認しても、メッセは届いていない。マコトは今どこにいるのか。会場に正しく向かえているかも不安だ。電話をかけたいけど会場から出るわけにもいかない。

「アーカムプロダクション所属、唐巣《からす》トオルです」

スタジオの空気がピンと張りつめる。

それもそのはず。彼は、恐らく大本命。

「役は藤原定家を希望します」

若手といえども、参加者のなかではキャリアをもつ。秋山悠の弟分として舞台でも共演が多く、共通のファンも多いらしい。ひょろりと高い背丈《せたけ》に、うすい塩顔。切れ長の目が、今の若い子にウケそうだった。

「**鞠を蹴りなさい。お主の『球ごころ』が見たいのです**」

流暢《りゅうちょう》なセリフ回しで演技がはじまる。芝居のテイストは秋山に近い。弟分というだけあって、初代の役づくりが踏襲されていた。

「**余は平安に生まれし蹴鞠の申し子……**」

アドバンテージは一目瞭然《いちもくりょうぜん》。さすがはアーカムプロ、本気でキャスティング枠を獲りにきている。

「**お初にお目にかかる、藤原定家と申します**」

最後に決めポーズ。フッと息を漏らして口角をあげる。

「ありがとうございました」

演技を終えると、拍手が起こった。私は思わず胡桃沢を見やる。表情は変わっていない。少しホッとする。

しかしスクリーンに流れる視聴者コメントは抜群に多かった。高得点は約束された……暫定一位は確かだろう。

個人的には、彼はイマイチに思えた。

型にはまった演技というか、カッコよく見せたいって自意識が節々《ふしぶし》に顔を出している。一連の動きがセリフのテンポに合わせて作られているのも不自然だし、もっとナチュラルな演技で素の感情を見せたらいいのに、クールキャラを表現することが優先されていた。それでは、生身の人間が演じるライブ感が薄くなる。

ただ、素人の私がどう感じようが、「この人で決まりだ」という空気が会場に生まれつつあった。私はマコトに「秋山を真似しないで」と指摘したけど、唐巣トオルの場合は、演技を寄せても高評価につながる文脈をもつ。正統な後継者アピール……勝算は十分にあるのだろう。

「それでは、二十七番どうぞ」

番号は進んでいく。気がつけばマコトは次の次。いよいよ追い詰められた。

まさか、ここであっけなく終わり？

遅刻なんて、初歩的で致命的なミスで？

あんまりだ。新人の責任感なんてそんなものだろうか。怒りよりも、悔しさに蝕《むしば》まれる。

我慢の限界に達してスマホを取り出した。周囲の顰蹙《ひんしゅく》覚悟で電話をかけようと思った矢先、握りしめたスマホの画面に通知がくる。

『部屋の前に着きました！』

マコトからのメッセージ。よかった間に合った！

全身がしぼむかと思うくらいの安堵をおぼえる。

『扉が閉まってます！』

次いで送られてきたので、急いで返信する。

『静かに入室して』『出番のときに謝りなさい』

すぐに既読がついた。

ちょうど二十七番の俳優が、平凡な芝居を終えたところだった。

「以上です、ありがとうござい――」

ガチャン！

彼の言葉は、鳴り響いたドアノブの音でかき消される。

その場の全員が、扉に顔を向けた。

しまった。重たい防音扉を開けるには、嫌でも音がする。人のパフォーマンス中に遅刻者が入ってくるなんて印象最悪。

お願い、会場の空気を察して、もう少しだけ開けるのを待って――――！

私の願いは通じずに、扉が外側から開かれていく。

だけど現れたのは、マコトではなかった。

ひとりの平安貴族がゆらりと姿を現した。

「……は？」

袖を交互になびかせて、優雅に歩いてくる。

人差し指がするりと唇に添えられた。たおやかに立ち止まり、男は微笑む。

「お初にお目にかかる、藤原定家と申します」

あの藤原定家が突如、オーディションを受けにきた。

って、そんなわけない。まるで自己紹介のように台本のセリフを放ったのは、煌びやかな平安装束に身を包んだマコトだった。

「ふはっ！」

静まりかえった空気を破ったのは、胡桃沢ミルクの笑い声。

「あはは、本物きちゃったよーっ！　マジで定家じゃん！」

その言葉に呼応して、笑いが伝播《でんぱ》していく。あっという間に会場は騒がしくなった。

「お静かに！　配信中です！」

スタッフが制止するなかで、当のカメラまでもマコトをとらえていた。咄嗟にレンズを向けたのだろう。

「その衣装はどうしたの？」

苦笑しながら秋山が訊くと、

「作りました！」

マコトは自慢げに言った。

そうだ。『まりステ』の楽屋挨拶のとき、衣装スタッフと仲良く話していた。まさか作り方を教わって自作したの？　わざわざ連絡を取り合って？　でも日中は出歩いていたし、夜間にオフィスの天井から聴こえていた「ドドドド」って音はミシンだったのだと、即座に思い当たる。というか、この格好で電車に乗ってきたのか……。

「へえ、すごいね」

感心する秋山。確かに見事な複製品だった。立体的にそびえる烏帽子《えぼし》に、あの装束は狩《かり》衣《ぎぬ》というんだっけ、光沢のある紫の生地は金色で縁取られ、気高さを帯びている。袂《たもと》が大きく作られているから、歩くとしなやかに揺れて美しかった。どこからどう見ても舞台衣装……これは着るのに手間取って、時間もかかりそう。私ですら度肝を抜かれた。審査員にも視聴者にも、強烈な印象を与えたに違いない。

けれど私は胸騒ぎをおぼえる。

ダメだ——瞬時にそう感じた。

心のざわめきはおさまらない。これは落ちたと直感する。

マコトらしい登場だ。だけど注目はされても、支持までは得られにくい。

合同プレゼンの日を思い出す。あの時もそう。摑みはＯＫ。場は盛り上がる。だけどそこまで。すぐに奇策だと露呈《ろてい》する。面白がられるけどその先には進めない。

多くの人間が集まって創作する現場において、奇人・変人は煙たがられる。空気を乱す危険性があるからだ。新人が思いつきを実行して評価されるほど単純な世界ではない。

「えー……視聴者の皆さん、失礼しました」

進行スタッフの代わりに、プロデューサーが言った。

「審査のほうを再開します。君はひとまず座って待ちたまえ」

そう促されると、マコトはパイプ椅子には向かわず、入口に近い壁を背にして空気椅子をはじめた。大振りな衣装のせいで椅子には座れないのだろうか。扇子を取り出して口元を隠したのはさすがに笑いそうになった。ずっと定家になりきっている。夏場にあんな重ね着で、よく汗をかかないものだ……。

ひとまず再開となった。

まだマコトの前にひとり残っていた。待たされていた二十八番の人が、カメラ前に立って自己紹介をはじめる。

そうして実技にうつろうとしたとき、

「ちょっと待ってー」

いきなり胡桃沢が手で制した。

「んーとね……ボク、飽きちゃった」

笑いながらの衝撃発言。会場がどよめいていく。

「だってさー、同じシーンばっかり観ても、新鮮味に欠けるでしょ。だんだん脳がバグってきたもん。みんなもそうじゃなーい？」

視聴者に語りかけると、賛同のコメントが寄せられてくる。

「ほらね。仕切り直しの良《い》いタイミングだし、台本から離れて、好きなシーンやってみてよ」

「す、好きなシーン……？」

演出家に無茶な提案をされて、二十八番は戸惑いの表情を浮かべる。

「待ちたまえ」プロデューサーが口をはさむ。「それでは審査の公平性に欠ける」

正論に思えたけど、さらに胡桃沢を擁護《ようご》するコメントが吹き荒れた。

「応援してくれるみんなのために、ここからは即興でいろんな名シーンを観よう！」

胡桃沢が煽ると視聴者も盛り上がる。そんな流れが形成されていく。

リアルタイム配信による番狂わせ……。これだから生放送は恐ろしい。主催者の思惑通りに事が運ぶとは限らなかった。

最初の犠牲となった彼は、おろおろと立ち尽くすばかり。

「さあさあ遠慮なく！」

「や、でも指定されたところしか、できないです」

「なんでー？　一回くらい観てるでしょ。セリフ間違ってもいいよ。相手役のセリフは、こっちに台本あるからボクが入れるし」

興が醒《さ》めるのを嫌がってか、胡桃沢が急《せ》かした。だけど二十八番は降参とばかりに、

「実は、『まりステ』観たことなくて……」

と呟いた。

「はああ？」胡桃沢が身を乗り出す。「一回も？　映像でも？」

「はい……」

「もしかして漫画も読んでない？」

「はい……すみません……」

「じゃあなんで受けに来たの？」

「それは……」

売れるためだろう。人気公演の主演という「果実」に引き寄せられたに決まっている。

だ。

「もういいよ。そんな人と一緒に演劇やりたくないね」

胡桃沢が冷たく言い放つ。ころころ温度が変わる。気持ち一つでどうとでも転びそうだ。

「じゃあ次の、コスプレイヤーさん」

胡桃沢が、茶化すように呼んだ。やはり彼女も、ただこの番狂わせを愉《たの》しんでいるだけ。マコトに有利な状況へと変わったわけじゃない。

「お初にお目にかかる、藤原定家と申します」

先ほどと同じ声色でマコトは名乗った。

「それはわかった」プロデューサーが呆《あき》れたように、「実名を名乗りなさい」

「マコトと言います、天神マネジメントから来ました！」

打って変わって、朗らかな挨拶が響きわたる。雅《みやび》を極めた平安人とは思えない。

「どこのシーンを演じてもいいんですか⁉」

「いいよ〜」

「じゃあ、クライマックスやります！」

マコトの宣言に、おおっと俳優たちから声が漏れる。

クライマックスって、まさか最後のバトルシーン？

目を閉じて大きく深呼吸。マコトが芝居の態勢に入った。

「……チャンスは必ずおとずれます」

聞き覚えのある定家のセリフ。課題以外の箇所まで、よく暗記していたなと感心する。

「そこの部分ね、いいよオッケー」

胡桃沢がパソコンに目を落とす。相手役のセリフを言う準備だろう。

マコトが選んだのは終盤の、「宮中蹴鞠トーナメント」決勝戦のシーン。見ごたえのある場面だけど、たくさんの登場人物が入り交じるから、定家ひとりで演じるにはややこしい気もする。

「雅也、お主が決めるのです」

誰もいない空に向かって、マコトは続けた。胡桃沢が、

「だけど定家！　俺の、」

と、セリフを返そうとしたその瞬間、

「だけど定家！　俺のシュートはまだ完成していない！」

次のセリフを叫んだのも、またマコトだった。

え？　待って、どういうこと？

そのセリフは相手役の柳田雅也のもの。

「未完成の必殺技を、使うわけには……！」

サイドステップで横に跳んだマコトは、今度は定家がいたほうを向いて、苦悶《くもん》の表情を

浮かべる。声色も変えて、見るからに暑苦しい熱血漢――クールな藤原定家とは程遠い。衣装が平安貴族なのに、現代のスポーツ選手に見える。

まさか相手役まで、自分で演じるつもり……？

「己を信じるのです、稚也。『球ごころ』は裏切らぬ」

あっちを向いたりこっちを向いたり。まるで落語家のように素早く演じわける。下手すれば「ごっこ遊び」になりかねないのに、言い回しやテンションの切り替えが絶妙なため、ひとりでも気迫に満ちている。

やがて一呼吸おいてジャンプ。ふわりと空中を浮遊して、後ろに着地した。顔を上げたとき、第三の登場人物が現れたと理解する。

「愚かなる人間よ、地に平伏《ひれふ》すがいい」

天を仰ぎ、妖しげな抑揚《よくよう》で発する。これは確か――。

「敵までやるんかい」

ぼそっと胡桃沢が突っ込んだ。ラスボス、賀茂球火。人間に化けて平安京を蹴鞠で支配することを目論《もくろ》む、その本性は九尾の狐。

「妾《わらわ》のチカラを思い知るがいい！」

初演の舞台では女性キャストが演じていた。腰をくねらせて、舌なめずりするマコトの艶めかしい動きは、違和感なく女キャラクターを成立させている。

「もうダメなのか……⁉」「諦めるでない！」「定家……」「雅也、お主は何のために蹴る？」「何のため……」「仲間を、チームを信じなさい！」「俺がボールを蹴る理由。それは――」

ふたりのラリーがひとりで続く。私はマコトの芝居に見入ってしまう。

「いま一度問う、お主は何のために蹴る⁉」

マコト演じる藤原定家に、マコト演じる柳田雅也が応える。

「仲間と手を取り合い、未来を切り開くためだ！」

カメラに向かって、必殺技の構えをとる。

主人公チームによる連係プレーのポージングを、連続でつないでいく。

『必殺、雲に入る足！』

ふたりの声が重なった。グンと足を蹴りあげる。しばらく天を衝《つ》いたまま静止して、ゆっくりと降ろした。終幕だった。最大の見せ場――必殺シュートからの逆転劇を、マコトはたったひとりで演じきった。

「はあ……はあ……」

マコトの息切れがスタジオに木霊《こだま》する。熱演でもやっぱり汗をかかないのは、俳優として良い体質だなと思った。

拍手は起こらない。だけど室温が上がっているのを肌で感じる。

「まさか、全部憶えてるの？」

すべての視聴者を代弁するかのように、胡桃沢が沈黙を破った。

「はい！」

「台本、販売してないよ？」

「マネージャーさんが、セリフを書き起こしてくれました！」

ようやくざわめきが戻ってくる。「マジかよ」「そこまでする？」と声があがった。私は
目立たないように首をすぼめた。

「だけど、何も全暗記しなくたって」

言葉とは裏腹に、胡桃沢の声は弾んでいる。

当のマコトは、真っすぐに演出家を見据えて、

「だって、それくらいしかできないから！」

と、切実な声をあげた。

「まだ俺はデビュー前です。演技の基礎も、本番の経験もありません。だから一生懸命『まりステ』を研究しました。演技が下手でも、誰よりも練習するぞって決めました。そこだけは勝ちたかった。……楽しかったです。映像を観て、漫画を読んで、何度も台本のセリフを言うたびに、どんどん『けまりストライカーズ！』の世界が好きになりました。気づいたら、全部のセリフが頭に入ってました。俺、絶対この舞台に出演したいです。ど

うかよろしくお願いします！　やる気は誰にも負けません！」

静かだった。誰もがマコトの言葉に聞き入っていた。

「あはは、面白い！　馬鹿だねーっ！」

手を叩いてはしゃぐ胡桃沢。目つきが明らかに違う。瞳に輝きが宿り、もっとマコトの奥を見ようとしているのがわかった。

……演出家の気持ちを摑めた？

私はどうしても期待してしまう。面白がるだけじゃなくて、面白いと思ってくれれば、勝機はある。私は祈った。どうかあと一歩、あと一歩だけでいい、マコトという人間に興味を持ってほしい。未知なる可能性に賭けてみてほしい。

「失礼」

口を出したのは、見知らぬ男だった。マネージャー席から立ちあがり、険《けわ》しい表情でマコトを見据える。

「君は神武武士と同じ事務所だろう。過去の出演者から台本をもらったんじゃないのか？」

男の胸がわずかに光って、私は気づく。あれはアーカムプロの社員バッジ。さては唐巣トオルのマネージャーか。

「入手した台本を憶えて、有利に立つつもりだったのか？」

その指摘は、他の参加者から「ええ？」「何だよ」と不満を誘発した。

「台本はもらってません！」

私は立ち上がって反論する。結局目立ってしまう。

「私がＤＶＤを観ながら書き起こしました！」

盲点だった。確かに社長に言えば、台本のデータは拝借できただろう。その発想が抜け落ちていたのは、マコトのことばかり考えていたせいかもしれない。私は必死で台本の言葉を打ち込んだ。文句を言われる筋合いはない。

「ふん、そんなの信用できるか」

「まゆりさんは嘘をついてない！　俺のために台本を……」

マコトが援護してくれるも、

「身内が何を言おうと話にならん」

と、議論は一方的に打ち切られた。会場の空気は、手品の種を明かされたように白けていった。

プロデューサーがスタッフを呼んで耳打ちすると、「ありがとうございました」と審査の終わりを告げられた。中途半端な幕切れ。視聴者コメントは不穏なまでに静止していて、最終的なマコトの印象がどうだったのか定かではない。

結局、マコト以外に好きなシーンを演じる者は現れず、規定の台本部分に戻って審査は続行された。胡桃沢はつまらなそうな顔で頬杖をついていた。

全員の実技が終わった。

「それでは審査にうつります。視聴者の皆さまは投票をお願いします」

ネット投票は五分間。私は固唾《かたず》をのんで見守った。重苦しい沈黙に、どんどん心臓が圧迫される。息苦しさも限界を迎えたころ、ようやく集計発表となった。

スクリーンに映し出される、トップ十人の名前。

「うわっ……！」

あった。あるじゃないか。マコトの名前が。しかも――。

「やったあああ、一位だあああっ！」

マコトの雄叫《おたけ》びも許されるだろう。何せ二位の唐巣に、六百点以上の差をつけて首位にいる。

「まゆりさん、やりました！」マコトがこちらを向いて、「これで出演決定ですよね！」

またしても周囲の視線が私に集まる。

「まだよ、落ち着きなさい……！」

「えっ⁉」

「あー、続きまして」スタッフが咳払《せきばら》いをして、「特別審査員の投票にうつります」

ここからが本番だ。審査員のもつポイントのほうが高い。持ち点はひとり五百点、油断はならない。

「まずは三善《みよし》プロデューサー」

「私は、唐巣トオルを推そう」

湧《わ》きあがる歓声。俳優たちも、反マコト側にまわったということ……？

「これまで秋山悠が演じてきた藤原定家のイメージを崩さず、初代を踏まえた役づくりが好感をもてる。世代交代後も、フレッシュな力でカンパニーを引っ張ってくれるだろう」

現実は容赦なかった。迷いのない断言に、私は眩暈《めまい》をおぼえる。

マコトのパフォーマンスでは、偉い大人は動かせないのか……。

「次に秋山さん、いかがでしょう」

「僕も唐巣くんに入れました」

連続で指名された唐巣が、マコトの票数を追い抜いた。とうとう逆転、二位に転落する。マコトが柳田雅也を希望していれば関係なかったけど、同じ藤原定家を取り合っている以上、二位は敗退を意味してしまう。

「唐巣くんとは同じ事務所で、後輩ということもあり、より厳しい目で審査させていただきました」

何だろう。秋山の言葉に、私は違和感をおぼえる。

「そのうえで、僕の演じた藤原定家を引き継げるのは、彼しかいないと思いました」

どこか調子が異なる。まるでセリフを言っているような抑揚……。

「彼ならきっと、初代をこえる最高の芝居を魅せてくれるでしょう」

まさか——嘘をついている？

だけど次の瞬間、コメント欄が滝のように流れ出した。速すぎて読めなくても、視聴者の高揚《こうよう》は嫌というほど伝わってくる。

終わった……。

逆転のうえに、前任者のお墨付きまで。

私はマコトの横顔を覗いた。わずかに開いた唇が震えている。秋山のこころを動かせなかったのが悔しくてたまらないのだろう。

甘かった。

高いハードルに賭けてきた分、頭によぎった敗退の確信は、重くのしかかってくる。

「それでは最後に、胡桃沢さん」

「ボクがいちばんいいと思った役者は……」

お願い。気まぐれでもいい。選んでほしい。

私は精いっぱい、拳を握りしめる。

崇《あが》めたこともない神に向けて祈る。

「マコトだね」

「えっ⁉」

私の間抜けな声が、静寂に響きわたる。

プラス五百点。またも逆転。

総合、一位……。

「やったあああああああああああ！」

マコトが叫んでいた。すぐに駆け寄りたいのを寸前でこらえる。

「り、理由は？」

プロデューサーが胡桃沢に問う。

「決まってんじゃん、この子と一緒に演劇がやりたい」

あちこちから非難めいた声が湧きあがった。確かにこれでは、演出家の個人的な感情で決まったようにも見受けられる。

「うるさいなあ、静かにして！」

凄みのある低い声。たちどころに全員が押し黙る。

「ボクが求めるのは、わくわくできる俳優。稽古場に刺激がないと面白いものは生まれない。マコトは最高に心躍ったよ。ここにいるみんなもそうじゃないの？」

いくらでも反論できただろう。けれど誰もが口をつぐむ。

「それにさあ。仮にフルで台本を配っても、みんな全部、憶えてきたの？　せいぜいやりたい役しか暗記しないでしょ？」

わかりやすく、俳優たちの目が泳ぎはじめた。顔も下を向いていく。

「ボクはねえ、演技の上手さとか、俳優としての人気なんて、どうだっていい。志の高い役者と、いい芝居を作れば、お客さんは勝手についてくる。今までもそうだったよね、あっきー？」

胡桃沢が秋山に顔を向ける。観念したように、秋山は小さく笑ってうなずいた。

「だからボクは、誰にも負けないっていう、彼のやる気を買いたい。『まりステ』を愛してくれる人と、愛すべき舞台を作りたいのさ」

そうして席を立って、カメラの前に歩み出る。どアップで映し出される演出家の顔面。

「みんな、本番楽しみにしてて。最高の舞台を作るから」

そう締めくくると、またも一斉にコメントが押し寄せた。こうなると演出家の独壇場《どくだんじょう》。もはや議論の余地はない。数字の上でもトップを飾ったのは、うちの新人俳優――。

マコトが、役を勝ち取った。

人気舞台の主演という快挙。

……ああ。よかった。我がことのように嬉しい。

私は単純だ。

屈託のない笑顔を向けたマコトを見ながら。

マネージャーとしての、喜びを思い出した。

＊

焼き網に肉を置くと、豪快な音とともに煙が立ちのぼる。

向かいに座ったマコトの顔が見えなくなるも、すぐさま白煙は換気ダクトに吸い込まれた。箸《はし》を構えて待っていたマコトは、私が最初にひっくり返した肉をひょいと掻《か》っ攫《さら》う。

「まだ早いって」

「えー大丈夫ですよ！」

赤みの残る肉を白米に載せてから頬張《ほおば》った。まあ牛だし大丈夫か。残りのロースもすぐに持っていかれたので、次のハラミは間隔をつめて一回で焼いた。それもまたたく間に完食される。

「まゆりさん食べないんですか？」

「いいよ。適当にやってるから」

焼き係に専念していた私は、トングを置いて、ウーロン茶に口をつける。未成年者の前でビールを飲む気分にはならず、ノンアル同士で乾杯した。

オーディションを終えて私たちは事務所に戻った。社長は不在だったので、マコトが着

替えている間に合格の報告をショートメールで入れて、ふたりでお祝いの夕食を摂《と》ること
にした。何食べたいと訊く前に「焼肉！」と言われたけど、幸いなことに恵比寿といえば
焼肉激戦区。駅前から少し離れた、静かそうな店をネットで選んで連れてきた。それでも
店内は大いに賑《にぎ》わっている。
「うわっ！」
ぶわりと火柱があがった。何事かと思って見やると、マコトが一ヵ所にまとめて塩カル
ビを配置した模様。
「貸しなさい、私やってあげるから」
おろおろするマコトからトングを取り上げて、網の端《はし》っこに、素早く避難させていく。
「肉うんめぇぇ〜！」
気持ちのいい食べっぷり。間断なく焼かないとペースが追いつかない。これが十代の若
さか……私なんて食が細くなる一方だ。こんなに早く、油を欲しない身体《からだ》になるなんて。
次の注文のタイミングで冷麵《れいめん》でも頼もう。
「事務所は食費まで面倒見ないよ？」
そう言いつつ、ついつい奢《おご》ってしまう私。どこまで経費で落とすかは、まだはかりかね
ている。
「大丈夫です、仕事決まったんだし！」

マコトが胸を張って言う。

「や、ギャラが入るのは当分先だからね？」

「そうなんですか⁉」

出演料の支払いは、本番終わって数ヵ月後が一般的。今から当てにするのは危険だ。

「でも節約してるんで、何とかなります！」

言いながら、塩カルビを一気に三切れつまんだ。

まあ今日は細かいことはいいか。彼は結果を出したのだ。消費したカロリー分、どんどん食べてほしい。

「合格おめでとう」

改めて、私はマコトに言った。

何はともあれ、『まりステ』への出演が決まった。

「ありがとうございます、練習した甲斐《かい》がありました！」

晴れやかな顔つき。肌がいつも以上につるつるしている。

衣装製作、ひとり芝居、セリフ丸暗記。一つひとつ、バラバラでそれだけでは戦えない要素を組み合わせて、彼は見事にオーディションを勝ち抜いた。正攻法じゃなくても、彼は、いま自分にできることをやった。そして見事に合格を果たした。

やる気は誰にも負けません。それを証明してみせた。

人より芝居の経験がないなら、自分にできることを最大限やってのける。今となっては、付け焼き刃の演技で戦うより、よほど勝算が高く感じる。マコトなりに考えて、勝負を挑んだのだ。

「これで俺も藤原定家！　カッコいい〜！」

「まだまだ、ここからよ」浮かれてもらっては困る。「キャストが変わると、お客さんから『初代のほうが良かった』って言われる。これはもう覚悟しておいて。とくに秋山悠は、あなたに票を入れなかった。彼が納得していないのは厳しい」

「秋山さんは喜んでましたよ」

「え、何を？」

「俺が藤原定家になったこと」

「ど、どういうこと？」

驚いてマコトに詰め寄った。煙を吸い込んで思いきりむせた。

「帰る前に、トイレで会ったんです」

スタジオを出る間際、秋山と話したのだという。「票を入れられなくてごめんね。君に決まって僕は嬉しい」と言い残し、彼は去っていったらしい。

「なんであんなこと言ったんだろう。別の役者を推したくせに」

「いやそれ、あなたのほうが良いと思ってたんだよ！」

「ええ？」

「それくらいわかるでしょ!?」

「だって、票を入れてくれなかったから！」

八百長だ。秋山はアーカムプロ所属。あらかじめ誰に投票するか、上から指示があったに違いない。

これはすごいことだ。票は曲げられなくても、こころを動かすことはできたのだ。

初めてアーカムプロに、一矢《いっし》報いた……。

「わっかんないなー、秋山さんめー」

マコトは不満そうに唇を尖《とが》らせる。彼は本当にどこまでも真っすぐだ。その真っすぐさに、私は助けられた。

「受かったんだから、よしとしましょう」

「そうですね！　まゆりさんのおかげです！」

マコトにそう言われて、言葉に詰まってしまう。

「まゆりさん……？」

「私は何もしていない」

我慢できずに、そう言ってしまった。

そうだ。すべてマコトひとりの力。私はただ、担当マネージャーとして会場に随行しただけ。

「そんなことない！　台本、本当に助かりました！」

「え……？」

「まゆりさんが俺のために作ってくれたの、すっごい嬉しかった。だから期待に応えたくて、ぜんぶ暗記したんです！」

「マコトくん……」

「そのおかげで、ほら。合格できたじゃないですか！」

胸が熱くなってくる。マネージャーのために、頑張ってくれたと言うのか。

マコトは、期待に応える子だ。言ったことを忠実にやってくれる。想像以上に努力する。そうして成果も出る。きっと伸びしろはまだまだあるのだろう。

マコトを選んだ私は、間違ってはいなかった。

だけど私は、涙腺《るいせん》が緩《ゆる》むのを意識的に抑えた。所詮《しょせん》は結果論。「セリフが頭に入るくらい練習して」とは言ったけど、実際に二時間のお芝居、すべてのキャラクターのセリフを完全暗記しろなんて、そんなつもりで言ったわけではなかった。適切なマネジメントによって、担当タレントを売り込めたわけじゃない。私のおかげだなんて私には思えない。

「まゆりさん、元気ない？」

マコトが心配そうに見つめてくる。

「まさか！　すっごい元気！」

私は顔に出ないように平静を装う。

「……俺、昔は引きこもりだったんです」

ふいに、マコトが遠くを見つめながら言った。

「そうなんだ」

「見えないですよね」

「うん。ちょっと意外……」

どうしたのだろう。彼の雰囲気が変わっていく。

「人と話すのが苦手で、友だちもいなかった」

マコトは、何か大切なことを話そうとしている。そう思った。

七輪の上に肉はない。私はトングを置いて、マコトの言葉に耳を傾ける。

「でも姉ちゃんが、俺を変えてくれたんです」

その語る姿に、いつもの明るさはない。物静かで大人しいマコトがいる。

彼の昔話を、私は情景を思い浮かべながら聞いた。


——小さいころのマコトは、いつも教室でひとりぼっち。誰とも一緒に遊ばないで、そのうち小学校も休みがちになった。家に引きこもって、とっくに飽きたゲームを何周もクリアして、意味のないレベル上げに没頭した。そういう性格なんだから仕方ないと、親にも諦められた。

だけど姉は違った。ある時、いきなり部屋に入ってきて、「ワークショップ行くよ！」と、無理やり外に連れ出した。ワークショップという言葉の意味もわからないまま連れていかれたのは、隣町の公民館みたいなところ。東京からやってきた劇団が、子どもたちと一緒に演劇をやってみるというイベントだった。

台本をわたされた。演じる役も決められた。「知らない人とはしゃべれない！」とマコトが嫌がると、姉は「セリフがあるから大丈夫よ」って微笑んだ。「怖くない。台本を持って、あっちに立ってごらん」と背中を押されて、ほかの子どもたちのところに行くと、同い年くらいの男子と目が合った。もじもじしたまま黙りこむマコト。だけどその子が何か言った。セリフだった。台本を確認すると、自分のセリフの前に書いてある。ということは、次はマコトだ。咄嗟にセリフを発した。ただそこに書いてある言葉を読んだだけ。そしたら今度は、離れたところにいた女の子が何かしゃべった。そのまま会話が続いていった。マコトは先回りして、次の自分のセリフを探した。短い、これならと思って暗記した。台本から目を離して順番を待つ。みんなのセリフを聞きながら、みんなの姿を見る。誰かがマコトに向かってくる。言葉を投げかけた。また誰かがそれに応える。会話が続いていく。すごい。自分の言葉じゃないのに、目の前の人としゃべっている。

ちゃんとできた。劇の内容もセリフも今となっては忘れたけど、みんなと通じ合えた感覚だけは残った。人と話したのに怖くなかった。

帰り道に姉は言った。「楽しかった？」と。マコトはうんと興奮しながら答えた。「お芝居っていいよね」と笑った。高校生だった姉は、演劇部に所属して、地元のアマチュア劇団にも出入りしていた。

それからは不思議だった。ひとりで部屋にいてもつまらない。誰かと話したい。姉だけじゃなく、両親とのおしゃべりも増えた。物足りなくて学校にも行ってみた。クラスのみんなは最初よそよそしかったけど、こっちから元気に話しかけたら必ず返事がかえってきた。言葉が続いていった。今度はセリフじゃなくて自分のなかから生まれた言葉。だけど自然に会話のキャッチボールが続いていく。

楽しかった。いつの間にか普通に、もともとクラスに友だちがいたかのように、マコトは毎日、学校で楽しく過ごすようになった。ひとりで勝手に、他人にびびっていたマコトは、どこにもいなくなった——。

「姉ちゃんが、外の世界に連れ出してくれた」

マコトは話してくれた。私の知らない昔話。大好きな姉との思い出。ゆっくりと、言葉を選びながら、懐かしむように、私に教えてくれた。

「お姉さんは、いま何してるの？」

「何も。芝居はやめて、実家にいます」

その目はどこか儚《はかな》げで、寂しさを嚙み殺しているように見えた。

「初舞台、楽しみですっ！」

「ああ、うん」

「俺、めっちゃ頑張りますね！」

急に、いつものマコトに戻った。自分の箸で生肉をつまんで、網に載せる。じゅわああっと音を立てて七輪が仕事を再開する。

「はい、どうぞ！」

腕が伸びてきて、私の小皿にちょこんと肉が置かれた。

「まゆりさんも食べてください」

「ああ……ありがとう」

私は片面だけ黒ずんだ肉を、レモン汁につけて口にする。美味しい。忘れていた食欲に火がついて、お腹《なか》が鳴った。

「今度は俺が焼きますから！」

なぜか自慢げに言ってから、店員を呼んで追加の注文をする。四人前って聞こえたけど止めなかった。

「そうね。一緒に頑張りましょう」

ほとんど独《ひと》り言《ごと》のような私の決意は、まわりの大きな笑い声に溶けこんでいった。


マンションの扉をあけると、明かりが漏れだした。

うわ。部屋の電気つけっぱなし。地味に光熱費が気になってしまう。

部屋はドロボウに荒らされていた……って思うほどに散らかっていた。床には空のペットボトルが転がり、テーブルにはメイク道具と鏡を並べ立てたまま。畳む暇もなく丸めて積まれた洗濯物の山は倒壊して、ブラが雪崩《なだれ》を起こしていた。部屋の隅《すみ》には、出し忘れたゴミ袋が無念そうに鎮座《ちんざ》している。

こんな酷《ひど》い有り様に全然気づかなかった。遅くまでオフィスに籠城《ろうじょう》することも多く、帰って寝るだけの生活だったとはいえ、マコトの部屋より汚いのはどうかと思う。おぞましい。自室の管理もできない人間にマネージャーが務《つと》まるものか。

「ふう……」

私はベッドに腰かけて、深い息を吐いた。大いに反省したけど片付ける気力は残っていない。緊張の糸が切れてしまった。横になったら二秒で熟睡できる。絶対にメイクを落としてシャワーを浴びるんだという鋼《はがね》の意志を燃やしながら、とりあえずぼーっとした。

大丈夫。もう少ししたら動ける。私はやればできる。

——。

……寝てた。

すぐに時計を見る。幸いにも五分と経っていない。

ようやくジャケットを脱ぎはじめる。焼肉の匂いが染《し》みついたからクリーニングに出そう。このままパジャマに着替えてしまえば間違いなく熟睡コースなので、下着のままで部屋の真ん中に立った。

ゴミ屋敷は、見慣れた光景だった。

道理で気づかないわけだ。アーカム時代はずっとこんな感じだったもの。恋人も作らず、友だちとも遊ばず、仕事に向き合った三年間。くたくたになった私を迎えてくれたのは、取っ散らかったこのワンルームだった。もうすぐ二十七歳。身体もいつまで持つかわからない。

カーテンを閉めようと、ベッドの上に膝をのせる。

窓の外は明るかった。眠気を覚ますにはちょうどいいと、私はベランダに出る。完全に変質者だけど誰かに見られる心配はない。高層階のいいところ。

首都高の先には、新宿のビル群がそびえ立つ。真夜中でも煌々《こうこう》と輝いている。

「ビルなんて見て、楽しい？」

いつだったか真琴は訊いた。私が電車の窓から、外を眺めていたときのこと。

「楽しくはない。でも、きれいだなって」

「きれいかなあ。うちは、星のほうが好き。ビルの明かりは人工的すぎるけん」

不思議だった。ひとたび思い出せば、彼女と交わした会話はするすると耳に再生される。

「人工的でいいんだよ。人は自分たちで明かりを作りだせる。暗闇をライトで照らすことができる」

「でた。照明オタク」

「オタクじゃない。明かりが好きなだけ」

「今日のライブも、ライトばっかり見とったよね？」

「そんなことない！　ちゃんと……」

衝撃が走って倒れかける。電車の緊急停止。私は彼女に支えられて、転ばずに済んだ。窓をじっと見つめる彼女。やがて電車がゆっくり動き出すと、

「うーん。うちはやっぱり、星のほうが落ち着くと」

田舎者《いなかもの》やけんさーと笑った。いま思えばそれは違う。田舎者は私のほうだ。東京に憧れて、やりたいこともないくせに大学進学を口実に上京して、都会っぽいものばかり好きになって、今もこんなマンションに無理して住んでいる。

「あっ降りなきゃ」

駅のホームで私たちは、同時に空を見上げた。それから目を合わせて彼女が言う。

「ダメやね。今日も星一つ見えん。もう真っ暗」

黒髪が、寂しそうに揺れる。

「ねえ、まゆり」

そうして真琴は、いたずらっぽく笑った。

「誰かが照らせば、見えない星も輝くのかな」

…………。

なぜだろう。ベランダからの夜景は、よく彼女を思い出させる。担当になって一年目の、まだ友だちのように接していたころの記憶。いろんな話をしたっけ。「東京は人が多すぎるけん」「酸素は薄いし星も見えん」「東京のひよ子はパチモンよ」彼女はくだらないことに文句を言った。私の前では気を許して訛《なま》りが出てしまうと、恥ずかしがっていた。

真琴は高校三年生のとき、大学受験をやめて役者の道に進むと決めた。

「親父《おやじ》に言われたんよ。田舎者が女優で食えるか、いい歳《とし》して夢を見るな、帰ってきても、この家にお前の部屋はもう無い……って。だからうちは言い返した。いつかテレビの向こう側から手をふります。そうしたらもう一度、うちを家族だと認めてください」

家を飛び出した彼女は、家族に縁を切られても、ひとり東京で闘った。

「うちには帰る家がないけん。売れるしかない」

鸞鳥真琴。

元アイドル。初めての担当。

夢破れた――かつての友人。

彼女は私のせいで、屋上から身を投げた。原因は私にある。マネージャーとして未熟だった、私の招いた事件――。

風が吹いた。涼しくはない。

私はひとりで空を眺める。どうせ星なんて見えやしないのに、分厚い雲にまで覆われている。

馬鹿みたいだ。見えない星を探すより、ビルの明かりを見たほうがいい。ビルに灯った明かりの一つひとつに、誰かの営みがある。こんな時間まで仕事をしている人、家に帰ってきた人、まだ眠っていない人が、そこに生きている。そう思うと、こんな夜でも少し安心できた。ひとりじゃないって確認できた。

私は部屋に戻ってカーテンを閉めきる。

眠気を覚ましてもシャワーを浴びる気が起こらない。疲労感で満たされ、無力感が膨れあがってくる。

天神マネジメントに来てからずっとそうだ。仕事をしている実感がうすい。

アーカムプロとは違う。あの会社には仕事の案件が山ほど持ち込まれたし、売り込み先も多くて奔走できていた。仕事に追われることで有能感すら得られた。タレントに対して「こっちが売ってあげている」と思いあがるほどに、マネージャーが主体となって動きまくった。

すべては思い上がりだった。すごかったのは事務所のパワーであって、私の能力ではない。

「俳優にとって、自分を信じてくれる人がいる——こんなに心強いことはありません」

バーのマスターの言葉を思い出す。私はマコトを信じるべきだった。遅刻の時点で裏切られたと思い、平安装束で登場したときに、落ちたと私は諦めてしまった。マコトなりに準備をして挑んだのに、マコトを最後まで信じられなかった。

何が「ヤミテラスより個性が薄い」だ。今日いちばん目立ってたじゃないか。彼はオンリーワンだったじゃないか。彼の個性を見抜けていないのは、私のほうだった。

マネージャーって何なんだろう。

どんなに努力しようと思っても、実際に頑張るのも、成果を出すのも、タレント本人に懸かっている。だからこそ最善を尽くしてサポートすべきなのに、覚悟を決めたマコトと違って、私は迷ってばかり。

……いけない。どうしたって夜は不安を煽られる。答えの出ないことで悩む時間帯じゃない。

私はスマホをカバンから取り出した。

LINEを立ち上げて、友だち欄をスクロールする。

鷺鳥真琴。あった。彼女のアカウントは残っている。

トークを開くと、去年で止まった会話が表示された。

メッセージを打ち込んでみる。


『マネージャーに、復帰しました』


何をふざけているんだろう。

わかっている。返信が来ないことも、彼女に届かないことも。

だって私は「人殺し」だから。「殺人マネージャー」だから。

意味のない行動とわかっていながら、私は送信ボタンを押した。あの日の約束を果たそうとする自分を、彼女に知ってもらいたいと願ってしまう。

スマホを裏返してテーブルに置く。一気に後ろめたさが湧いてくる。何もかも洗い流したくなって、バスルームに向かった。

それから一週間。
既読は、つくはずもなかった。

★第二幕

1

オーディションから三ヵ月。

十月三日。いよいよこの日がやってきた。

朝から見事な秋晴れに恵まれ、絶好の行楽日和《びより》。爽《さわ》やかな青空と穏やかな涼しさに、かえってしらじらしさをおぼえながら、マコトを連れて稽古スタジオへと向かった。乗り継ぎの電車が遅延したせいで、十分前の到着になってしまう。

郊外の大きなスタジオはまるで巨大な倉庫だった。天井はダークグレーのトタンで覆われ、寒々しい鉄筋が交差している。壁も剝《む》き出しのコンクリートで味気ない。これほどの大きさを確保するのは都内だと難しそうだ。やけに遠い立地にも納得した。高さのある舞台セットを組んだり、劇場の実寸を想定して動き回るなら、こういった空間が不可欠だろう。

約二ヵ月間、ここで舞台『けまりストライカーズ！』が作られていく。

今日は稽古に先駆けた「顔合わせ」の日。中央に長机が会議室のように組まれ、役と俳優の名前の書かれた紙が貼ってある席に、キャストが腰を下ろしている。

「お疲れさまです」

私は演出家の席にマコトを引率して頭をさげる。

「久しぶりーっ！　よろしくねマコト！」

立ち上がると、黒のフレアスカートが揺れた。

「よろしくお願いします、頑張ります！」

ガッツポーズを返すマコト。友だちライクな距離感にひやりとするも、胡桃沢ミルクが拳を重ねてくる。波長が合うのかもしれない。

隣のプロデューサー席は空いていた。仕方ないので挨拶は後まわし。マコトと別れて後方の席に座る。マネージャーの座る場所はいつだって隔離されたエリア。あとは静かに見守るのみ。

「奴」の姿はなかった。急な案件でも入ったのだろうか。安堵してしまう自分が情けない。

定刻より五分が過ぎ、スマホ片手にプロデューサーが部屋に入ってきたところで、顔合わせがはじまった。

プロデューサーが一言「頑張ってください」とだけ訓示を述べ、演出家が『まりステ』への想いを熱く語ってから、キャストの番がまわってくる。

「藤原定家を演じさせていただきます、唐巣トオルです」

上座に位置する俳優から、挨拶がはじまった。

「初代の秋山悠さんから役を受け継ぎ、ファンの皆さまに愛される定家を、大切に演じていきたいと思います。よろしくお願いします！」

反《そ》り返らんばかりに胸を張った唐巣の声は、隅々《すみずみ》にまで行き届いただろう。

そうして彼は、座り直す前に、マコトのほうを見る。

笑った――。

私は悔しさでいっぱいになる。

次いで柳田雅也役の人が挨拶する。中肉中背で、刈り上げた髪の、地味な顔立ち……こんな人、オーディションにいたっけ？

番手順に、俳優たちが意気込みを見せていく。

マコトの番になるまで随分と時間がかかった。

「マコトです！」

主演から遠く離れた、下座の端っこ。マコトは大声で自身の存在をアピールした。

「難波頼輔《なんばよりすけ》をやります！」

周囲の反応はとうに薄くなっていた。スタッフの視線すらも集められない。注目度の低さは一目瞭然。

それもそのはず。

だって彼は主演どころか……。

「出番は少ないですが、元気いっぱい、蹴鞠じいさんを演じます！」

間延びした拍手。漏れ出る失笑。

初舞台、マコトの配役は――脇役の老人に決まった。


事態が急変したのは、二ヵ月前。

八月頭に、『まりステ』新キャストの合格者が、公式サイトに掲載された。マコトの名前も当然あった。

そして九月。台本のデータとともに、配役に関するメールが、製作委員会から送られてくる。

配役表の一行目、藤原定家の欄には「唐巣トオル」と書かれていた。

マコトの名前が、ない……？

焦りながら目を走らせると、

難波頼輔　役　マコト

そう記載されていた。

「どういうこと……？」

吹き荒れる疑問の嵐《あらし》。難波？　誰だっけ？　私はすぐさま添付データを開いて台本を確認。読み進めると、最初のセリフを発見する。定家のチームに確かにいる。

「じじいじゃん……」

難波頼輔。思い出した。かつて蹴鞠の名門一族で、今は廃《すた》れてしまった難波家の生き残りという設定の老人だ。台本を書き起こした私ですら、名前を忘れてしまうくらい出番が少ない。イケメンばかりのなかで、腰の曲がった白髭《しらひげ》のキャラクターデザインは、いかにもキワモノといった風貌《ふうぼう》。初代のキャストを調べると、小劇場系のおじさん俳優が演じていた。

まさかの老人役。

顔の良さ、フレッシュ感、若さをすべて封じられてしまう。十代のマコトには明らかに向いていない。

いや、そんなことよりも。

マコトの役は藤原定家なのだ。配信オーディションという開かれた場所で決まったこと。視聴者もそれを見届けていた。今さら変更がなされたとは考えにくい。

きっと何かの間違いだろう。

私は担当者のアドレスに問い合わせる。

返信を待ちながら募っていく不安。気もそぞろで一日を過ごし、日をまたいだ深夜三時にメールが届いた。

「決まったことなのでご理解ください」

驚くべき回答が突きつけられる。記載ミスではなかった。

幾度かやり取りをするも話は平行線を辿り、私はプロデューサーへの直談判《じかだんぱん》を求めた。

数日間の留保のすえに、私は面会の機会を得る。

アーカムプロダクション・第一本社ビル。

なぜか、アーカムプロの本社に呼び出された。嫌な予感が拭えないまま、単身乗り込んだ私は、上層階の大きな会議室に通される。

ぽつんと待たされていると、やっとのことで三善プロデューサーが現れた。

五十過ぎであろう恰幅《かっぷく》のいい男。審査員のときはスーツだったが、今日はポロシャツにジーパン姿で、腰をおろすなり言った。

「何か問題でも?」

不遜《ふそん》を絵に描いたような顔つき。

だけど私は知っている。高圧的な態度は、「先手の威嚇《いかく》」であると。

「配役の件で、ご説明をいただきたく参りました」

私はアーカム流の「ジャブ」を受け流して、話を切りだす。

「なぜ投票一位のマコトが、藤原定家じゃないのでしょうか？」

三善はわざとらしく意外そうな顔をして、

「なんだ。彼は定家をやりたかったのかね？」

と、質問に質問を返してくる。

「今さら何を……！」

頭に血がのぼりかけるも冷静さを意識。声を荒らげたら負けだ。

「審査結果の通り、厳正なキャスティングを求めます」

「そうは言うが、彼の希望は聞いていなかった」

「……は？」

「彼は一言も『藤原定家の役をやりたい』とは言っていない」

のぼりかけた血液が下へと流れ落ちた。私はオーディションの記憶をたどる。遅刻からの途中入室……藤原定家だと名乗った自己紹介……そしてひとり芝居。イレギュラーな展開によって、希望の役は明言しなかったかもしれない。

「だけど、定家の恰好をして、なりきってアピールしたじゃないですか！」

プロデューサーの主張は詭弁《きべん》だ。ほかの参加者も視聴者も、誰が見たって、マコトが定家の役を受けにきたと伝わったはず。

「しかし」三善は困り顔で、「彼はいくつもの役を演じたじゃないか」

「それは……！」

真っ向から屁理屈《へりくつ》を振りかざす大人を相手に、私は口ごもる。いくら正論で挑もうとも、相手は聞く耳を持たないのだと悟ってしまう。

「製作委員会は公正に判断を下した」ゆったりと座り直し、「配信記録も確認済みだ。残念ながら我々には、彼の希望を知る術《すべ》がなかった。『藤原定家の役を希望します』と口にしていないのだから、どの役になっても文句は言えまい」

憐《あわ》れみを帯びた目で、丁寧に説明してくる。何だこれは……まるで私のほうが質《たち》の悪いクレーマーで、相手が被害者ではないか。

わなわなと身が震える。

だけどこれ以上は水掛け論。何とかして、解決の糸口を探る必要がある。

藤原定家に決まった唐巣トオルを外したくないのだろう。その思惑をすり抜ける妥協案を提示するしかない。

「じゃあせめて……難波頼輔ではなく、歳の若い役に変更してください」

「もう決まったことなんだ」

「納得できません！」

コン、コン。

その時だった。私を宥めるように、ドアがノックされる。

「ああ、ここか」

「おっ、お疲れさまです！」

三善が立ち上がって頭を下げる。

「嘘……」

こけた頬に蛇のような目。神経質に分けられた前髪。そしてストライプの濃紺ダブルスーツ。

変わっていない。

現れたのは、かつての上司。醍醐《だいご》チーフその人だった。

「醍醐さん、どうされましたか……？」

ご機嫌を伺いはじめるプロデューサー。滑稽《こっけい》なまでの変貌《へんぼう》ぶり。身を縮こまらせて、背筋を曲げている姿は、別人どころか別の生き物に見えてくる。

「いやあ、大したことじゃない」醍醐は手を軽くあげて、「少し気がかりでね。悪質なクレーマーに捕まったと聞いたものだから」

人の心情を逆《さか》なでするように、細い目で私を刺した。

「ど、どうして……」

荒くなっていく呼吸。背中に滲んでくる汗。微笑む気配のない能面に、私は懐かしい恐怖を呼び覚まされる。

「部署が、違うでしょう……」

震える唇でそう言った。醍醐は女性アイドルの部署に属する。

「本年度から異動だ。アイドルは在庫過多で頭打ち、いまは舞台俳優が旬だなあ」

相変わらず、タレントを物扱いする口ぶり。

「ま、そういうことだから、あまりプロデューサーをいじめないでくれ。ご理解いただけないなら、降りてもらっても構わない」

醍醐からの最後通牒《つうちょう》で、疑念は確信へと変わった。

主催の「製作委員会」とは名ばかり。この興行はアーカムプロに握られている。

藤原定家だけではなく、柳田雅也役にも、アーカムプロ所属の俳優がクレジットされていた。自社の若手俳優を売り出すために、あえて表立って社名を出さずに権力を掌握するところが、いかにも古巣らしいやり口だった。

マコトは標的にされたのだ。配役変更は、意図的な潰し戦略。どこの馬の骨ともわからない新人に、オーディションを掻き乱された報復といったところか。

「降板するのなら、はやく決断してほしい」

眉一つ動かさずに、肩をすくめる醍醐。

「ふざけないで！」

拳に力がはいる。こんなのを許していいわけがない。

「脅しのつもりですよね？」

嫌ならやめろだなんて、人を従わせるための常套句《じょうとうく》じゃないか。醍醐の口から何度聞いたことか。そうやって、この男は何人も何人も、立場の弱いタレントを屈服させ、利用してきた。私は三年間、その場に立ち会ってきた。

降板して困るのは私たちだけじゃない。製作陣も事後の対応に追われる。観客だって「何だか揉《も》めてる」「うまくいってないのかな」と悪印象を抱くだろう。

一方的じゃない。痛み分けにもできる。

「わかりました」

私は醍醐を睨みつける。こいつの思い通りにはさせたくない。

「それじゃあ、この話は……！」

鋭い痛みが、私の怒号を取りやめさせた。

爪の食い込んだ掌は赤く染まっている。怒りのあまり、拳を握りすぎていた。

落ち着け。ここで断れば、せっかくの舞台デビューが水泡に帰す。スケジュールも白紙になって、振り出しに戻るだけ。

「……わかりました」

私は息を整えて、醍醐に言った。

「やらせます。降板なんて無責任な真似、うちのタレントは致しません」

精いっぱいの強がりで、私は牙《きば》を剝いた。

大切なことを忘れていた。オーディションを勝ち上がったのはマコト本人。いくら不条理でも、勝手に反故《ほご》にしていいわけがない。何より収入ゼロのままの彼を放っておけなかった。

醍醐の能面が、意味深な笑みに歪んでいく。

「はは、大人じゃないか」

そう言って、ぬるりと背を向けた。

かくして配役変更は覆《くつがえ》せなかった。道理がまかり通らない現実を思い知らされる。それでもマコトは舞台デビューできる。主演にこだわるよりも現場を踏ませることを、私は優先した。

「次は、顔合わせで会おう」

ドアの前で背を向けたまま、醍醐が言う。

「え?」

「新しく、唐巣トオルを担当することになった」

「そんな、だってマネージャーは……」

私に食ってかかった、胸にバッジを光らせた男がいたじゃないか。

「あいつは外れたよ。唐巣に『投票二位』の傷をつけた役立たずは、今ごろ会議室で新人のプロフィール用紙でも散蒔《ばらま》いているだろう」

私は言葉を失う。たったそれだけで、人を使い捨てにするのか。

「勘違いするな」醍醐は振り向きもせず、「うちが一位を獲れなかったのは、御社のタレントが優れていたからではない。前マネの失態にすぎない」

理解に苦しむ物言い。

でもそうだ。これが醍醐の仕事術。アーカムプロの論理。

「ひとつ、お伺いします」

「何だ?」

「ここまでするなら、どうしてマコトを書類審査で合格させたの?」

ほかの事務所の新人なんて、最初にいくらでも落とせたはず。それなのに実技審査に残したのはなぜなのか。

ゆっくりと醍醐は首を回して、

「マコト? 誰のことだ?」

「とぼけないで! うちの子よ!」

「一次選考なんぞ関わってはいないよ。頭数だけ集まればいい。運よく、紙が表向きになったんじゃないか?」

聞きながら、ひどい頭痛に襲われる。

「こうして昔の部下とまた会えたのも、ご縁だな。今後ともよろしく菅原マネージャー」

親しげな声を残して、醍醐は部屋を出ていった。

金魚の糞《ふん》のようにプロデューサーが後を追い、だだっ広い会議室に取り残された私は、足早にビルを去った。


「稽古が楽しみだねえ、わくわくだねえ！」

胡桃沢がそう締めくくって、顔合わせは解散となった。

スタッフが慌ただしく動いている。「この後、プレス用のお写真を撮らせていただきます」とアナウンスがされたけど、マコトに声はかからなかった。プロデューサーは途中で離席したきり帰ってきていない。

「今日のところは帰りましょう」

そう告げて、出口へと向かう。

「来週からよろしくお願いしますっ！」

マコトが全体に向けて挨拶する。応える人はいない。

それでも笑顔を崩さず、頭をさげてスタジオを出る。

マコト自身は、配役変更を受け入れていた。最初に報告した時、わずかな沈黙があったけど、「わかりました！」と応えて、憤ることもなく、事情の説明も求められなかった。笑顔の奥に、本音を隠された心地になる。

拍子抜《ひょうしぬ》けだった。あんなに定家の役づくりに励《はげ》んだのに、あっけなく納得してしまうなんて……。腹を立てないマコトを前に、私の心にかかった靄《もや》はいっそう濃くなった。

明日から稽古がはじまる。今さら製作サイドに抗議しても無駄だろう。

オーディションで勝ち取ったはずの栄光は、思わぬ転落をみせた。はたしてマコトは、このポジションで人気を獲得できるのだろうか。演劇の稽古については知らないことばかり。予想もつかない。

私も稽古場に通うしかない。

稽古で魅力をアピールできれば、出番が増えるかも……。演出家に気に入られたら、役がおいしくなるかも……。私は都合のいい期待ばかりしてしまう。

外はすっかり薄暗く、今にも降りだしそうな薄墨色の空だった。

＊

十六件目の通話を切ると、ぶるるっと身体が震えた。

陽が落ちるとずいぶん冷えこむ。紅葉シーズンを前に、冬が勇み足で近づきつつある。

稽古場に置いてきたトレンチコートを取りに戻るか迷って、十七件目の電話番号を押した。とりあえず今日は残り四件、早くかけてしまいたい。

コールが続く。留守番電話サービスに切り替わる。

私は喉を軽く整えて、高い音域を意識した。

「お世話になっております天神マネジメントの菅原です。弊社所属俳優・マコトの出演舞台に関してご連絡いたしました。舞台『けまりストライカーズ！』ぜひご高覧賜りたく、ご招待にてお席をご用意させていただきますので、改めてメールにてご案内いたします。お忙しいところ失礼いたしました」

……ふう。留守電は苦手だ。気持ちを込めづらいし、途中から早口になってしまう。

稽古がはじまって今日で二週間。

ここは稽古スタジオのエントランス前。俳優たちの夕食休憩中に、私は抜け出して電話をかけている。

マコトの演技を観てもらうべく、テレビ局のプロデューサーやディレクターに営業しはじめた。以前は見向きもされなかったが、舞台へのご招待という口実で売り込んでいる。

息を整えて、十八件目をコール。次はテレビドラマのキャスティング担当者。アーカム時代には、何度も飲みの席に呼ばれたものだ。

たとえ主演でなくても、演技を観てもらうことが重要。マコトは頑張っている。次に繋《つな》がる機会をひとつでも多く作るのがマネージャーの務め。

……またしても、留守番電話サービスが流れだす。私は抑揚と感情を意識して、さっきの文言を繰り返した。

成果は芳しくない。

実際に話せたのはふたりだけ。それも「舞台かあ、下積み大変だねぇ！」「もっとテレビ出て顔売ったほうがいいよ！」と進言されるばかり。ご来場の約束は取りつけられなかった。

映像業界にとって、まだまだ舞台は格下に見られがち。これだけ二・五次元舞台が盛り上がっても依然として垣根《かきね》は高い。「ドラマや映画に出るための下積み」という印象が拭えていなかった。

舞台製作の関係者なら、まだ食いつきがいいのかもしれない。だけど私にはコネクションが乏《とぼ》しく、昔の人脈を頼るほかなかった。

気を取り直して、十九件目……。

と思ったけどタイムアップ。間もなく稽古が再開される。

諦めない。後でメールを打とう。「こいつ執拗《しつこ》いな！」と思われてからが勝負だ。

私はスマホの音を消して、スタジオ内へと戻っていく。

「軽いよ軽いよ、難波さぁん！」

休憩前と同じく、じれったい稽古が続いている。

スタジオには、初日から舞台セットが組まれた。まだデザインの入っていない、木材だけの仮組みだけど、二階建てのセットは高低差があり、前後左右にも広く演技スペースがとられている。『まりステ』は、蹴鞠にアクション要素を加えたスポーツ時代活劇。俳優たちがダイナミックに動き回っても、頑丈な足場は揺らがない。

「難波さーん！」矢のような胡桃沢の声。「もっとどっしり構えようか！」

「はいっ！」

「重心を意識！　動きが軽いと若く見える！」

若いんだから当たり前だろう……そう愚痴《ぐち》りたくなるが口には出さない。パイプ椅子に座って、私は見学者に徹した。

「もっかいシーンの頭に戻ろう。難波さんのセリフの前からね。定家もいったんハケて」

稽古中の胡桃沢は、俳優を役名で呼ぶ。難波「さん」なのは、役の年齢を考慮してなのだろう。

「おいおい、大丈夫かぁ？」

藤原定家こと、唐巣トオルが口を尖らせて、スタンバイ位置のパネル裏に戻っていく。

海外ブランドのロゴが入った稽古着が厭味《いやみ》っぽい。

マコトはダメ出しが多かった。ほかの俳優が次々と演出をつけられるなかで、マコトはまだ、基本の段階で躓いている。エネルギッシュな演技をすれば「軽すぎる」と演出家に注意され、年寄りっぽく重たいセリフまわしをすれば「コメディみたい」と共演者から笑われる。

原因は明らかじゃないか。

マコト自身が若いからだ。

経験豊富な俳優であれば、年齢差を埋めるのもたやすいだろう。だけどマコトは等身大で演じるしか術がない。オーディションでは、いくつもの役を演じ分けたけど、あくまで短時間のひとり芝居。二時間の物語のなかで、あまりに自分とかけ離れた老人を演じきるには、違和感を隠し切れないでいた。

問題はもうひとつ。

若い女性がターゲット層のイケメン舞台において、イケメン枠にいないのは致命的だった。

これでは人気が出ない。いかに熱演しようとも、老人メイクに身をやつしたマコトに、どれだけの新規ファンがつくだろうか。まだ配役の意外性や、本人とのギャップを楽しんでもらえる時期じゃない。俳優のカラーを決定づけるデビュー作で、この役はもったいなさすぎる。顔や若さがすべてじゃないけど、まずはそれを売りにファンを獲得しなければ、せっかく話題の舞台に出たって注目されにくい。

出演を優先させた私の判断は、正しかったのだろうか。

稽古場でマコトを見ながら、迷いはじめる自分がいた。

ビジュアル撮影でも、マコトは老《ふ》けメイクに長すぎる白髭をつけられた。瑞々《みずみず》しいマコトの肌つやは薄汚れていき、ありもしない皺《しわ》が幾重にも書き足される。仕上がった写真は滑稽なほどに老けこんでいた。こんなふうになるためにオーディションを受けたわけじゃない。それなのに公式サイトでビジュアル写真が解禁されると、『まりステ』ファンはあっさりと配役に納得した。

「唐巣トオルって子、定家が似合う！」「新しいメンバーも本番が楽しみ！」

ばっちり衣装とメイクでキャラクターを作られた新キャストを前にして、観客の期待は高まるばかり。「オーディション一位はマコトじゃないの?」という声はあがらず、不審な審査基準についての議論も起こらなかった。マコトばかり損をする展開……。

「十五分のブレイクタイム～」

胡桃沢が告げる。時間も遅い。最後の休憩になるだろう。

私は演出卓に近づいていく。

「あの、いいでしょうか」

盗み聞きされないよう、あたりに注意を払ってから、

「今からでも配役、何とかなりませんか……？」

と、直訴した。

「え～っ、無理だよ～っ！」

声をひそめる私に構わず、眉をひそめる胡桃沢。

「もう稽古はじまってんだから！」

「はい、それはわかってます」

「だいたいボクにキャスティング権はないんだよ。偉い人が決めた配役で、役者もボクも全力を尽くすのみ！」

そうかもしれないけど、私だって引き下がれない。

「このままだと、青年が老人を演じる変な舞台になっちゃいます。せめて難波頼輔の年齢を、同年代に引き下げていただけませんか？」

私は現場判断に賭けてみる。演出家だって、違和感を残したまま本番を迎えたくはないはず。

「原作の設定はイジれない。リスペクトがあるからね！」

ダメ元での提案はすぐに退けられた。

その通りだ。安易に原作改変を迫ったことを私は恥じる。胡桃沢の言うことは筋が通っ

ている。ますます醍醐たちの理不尽な仕打ちがやりきれない。

私がほかのアイデアを探していると、

「マコトはなあー」

と、胡桃沢が何か考えはじめた。次の言葉を辛抱強く待つ。

「クリアすべき課題が山積みだね」

「課題、ですか」

「今のままだと、癖《くせ》が強すぎる」

「クセ……？」

意外だった。むしろ経験の浅さを指摘されると思ったのに……。

「一度ついた癖を落とすのは大変だよ。マコトはゼロからのスタートじゃない。マイナスからだと覚悟したほうがいい」

演出家の眼は、想像よりもはるかに厳しかった。

「年齢が合ってないんだから、どうしようもないじゃないですか」

私が蒸《む》し返すと、またしても胡桃沢は「んん〜」と考え込む。会話のリズムが独特で、私は合わせるほかない。

「ボクはできると思ってるよー」

待ちわびた返答は、実に楽観的だった。

「できる？　難波役をですか？」

「今は苦戦してても、摑めばいけるよ」

簡単に言ってくれる。どんなに練習しようと年齢差は埋められない。隠し切れない若さが、演技の妨げになっているじゃないか。

だけど胡桃沢は言った。

「おっさんが赤ちゃん役だって演じられる。演劇の強さはそこにある！」

三白眼をキラリと輝かせて、机に向き直った。微動だにせず台本を読みはじめる。

休憩があけて、ぞろぞろと喫煙組のキャストが稽古場に戻ってきた。マコトの姿を探すと、がらんと空いた舞台面《ぶたいめん》で自主練をしている。

胡桃沢との交渉は失敗に終わった。

進展はしなかった。だけど少しだけ、私は前向きになる。

課題が山積み――演出家はそう言った。まだ諦められてはいないってことだ。ファン獲得はともかく、演技面の向上は望める。胡桃沢の演出をよく聞いて、現場で吸収してもらおう。

どうにもならないことを、どうにかしていくのが、舞台の稽古なのかもしれない。

まだ時間はある。

わからないなら、学ぶまで。

そのために私は明日からも稽古場に通いつめる。

どうしたら演技が改善できるか。私なりに見極めよう。

見学者のマネージャーだって、作戦は立てられるはず。

2

「試合、はじめっ！」

後鳥羽《ごとば》天皇が手旗を挙げると、相対する四人組同士が一斉に構えた。

大音量でかかるロック調の雅楽。びりびりと鼓膜が刺激されるなか、

「いくぜ、定家！」

「力みすぎるな、優雅に舞おう」

波に乗るようにセリフが交わされる。

試合の先攻は主人公チーム・平安オールスターズ。「あり！」「やぁ！」の掛け声とともに、目に見えない球をパスでつなぐ。定家が「おう！」と相手の陣地めがけて蹴りあげた。敵チームの四人は怪しげなモーションを見せつつ、架空の球を蹴りまわす。球が誰のもとに流れるのか、すべての順番が演出家によって決められている。存在しない蹴鞠の球を、実在するかのように演技でカバーする俳優たち。アクションやポージングで、白熱し

たバトルを表現する。

今日の稽古は一味違った。

ことさら張りきる俳優陣。それもそのはず、特別な見学者がいる。もちろん私ではない。彼らのモチベーションの源泉と言えば……。

「いけオラーッ！　ぶっとばせーッ！」

野太い声援が見学席から飛んだ。それに応えるように、芝居は本番さながらの熱を帯びていく。

「そこだッ、決めろ雅也ァーッ！」

「なあ静かにしろ、稽古中だろう」

パイプ椅子に座ったふたりによる、雅也と定家のような掛け合い。

神武武士と秋山悠が、稽古を見守っている。

ＯＢの来訪は、二代目キャストを沸きたたせた。いいところを見せようと誰もが躍起になる。

芝居は続く。敵チームの放った渾身《こんしん》のシュートをかろうじて上空に蹴りあげた定家だが、雅也がそれを取りこぼしてしまう。ピピーッという笛の効果音。審判係の天皇が「有効！」と旗を突き出した。球を地面に落としてしまうと相手サイドに点が入る。サッカーとバレーボールを組み合わせたものと思って私は観ている。

ここからが、問題のシーン。

「だから言うたのだ」

きた。心臓がぎゅっとなる。

「ワシは初めから、こやつの加入に反対だった」

声の主は、マコト演じる難波頼輔。大仰に腕を組んで、ミスプレイをした味方の雅也を睨みつける。

「若造め、お主に何ができる！」

「って言ってる、君が若造っぽいのよねぇ」

胡桃沢がつぶやくと、「ふははっ、違いねぇ！」と武士が笑った。また小声で秋山が窘める。不思議な光景だ。絶妙なコンビネーションは、役を卒業しても残るらしい。

私はひとまず胸をなでおろす。よかった。引っ掛かりはしたものの、演出家は芝居を止めなかった。ここまで一分ほど。まだシーンの終わりは遠い。

試合再開。再び蹴られる球。しばしのラリーが続いて、敵チームにおされる主人公たち。蹴鞠を知らなくても何となく楽しめる。わかりやすく派手な、胡桃沢の演出のなせる業なのだろう。

強烈なシュートが、体勢を崩した定家に襲いかかる。ここだ。さらに私は身構える。お願い。今度こそＯＫが出て。そのまま芝居が続いていって！

マコトが叫ぶ。

「定家、そこだっ！」

セリフを言いながら、同時に勢いよく定家のほうを向いた。

「違う違う、ストップ！」

ぶつんと途切れる音楽。

不自然な中断で、俳優陣が動きをとめる。張りつめていた糸が緩んだ。

「どうした難波さぁん」胡桃沢がマコトに近づいて、「それだとリアリティがないよ～」

彼女は演出卓を離れて、立ったまま指導していた。熱が入っているのは演出家も同様だ。みんなにとって大事な一日。だからこそ、私はあせる。

「もっとリアリティを大切に。ちゃんと相手を見て～」

「はい！」

「もっかい、いこう……スタート！」

パァン。演出家が手を叩けば、瞬時に熱狂は呼び戻される。「試合、はじめっ！」時を戻して最初からはじまる。マコトのためにやり直しが行われる。

リアリティがない。マコトは何度も、そうダメ出しされた。私には真意がわからない。物語はフィクションだし、ましてやこれは時代活劇。エンターテインメントのファンタジーにリアリティと言われても……。

マコトは何を求められているのだろう。真に迫る演技なのか、役になりきった所作なのか。それともやはり、リアルな老人感なのだろうか。

「それじゃなーい、ストップ！」

またすぐに制止がかかる。反復は終わらない。二時間の上演時間のうち、二分ほどの箇所を繰り返し稽古している。マコトは必死に演じるけど、芝居はよくならず、共演者のため息で室内が淀《よど》んでいく。

マコトはめげなかった。真剣な眼差しでダメ出しを聞き、変わらず大きな声で演技した。

その熱量が、かえって停滞を生んでいる。

このままではまずい。

マコトの芝居を注意深く観察する。私は連日、稽古場に居座っていた。こんなに時間を割《さ》けるのも、社長のお許しがあってこそ。初舞台が終わるまでは専念していいと言ってもらえた。

諦めない。観察すれば何かが見えるはず。

一度きりの大切なデビュー戦。ふたりで協力して、演出家の求めるものに辿り着いてみせる！

「胡桃沢さん」

呼んだのは、唐巣トオルだった。

「時間もったいないですよ。せっかく先輩らがお越しになってるんです、別のシーンも稽古させてください」

「……っ！」

声が出るのを寸前でこらえる。唐巣のまわりにいる俳優たちも、賛同の視線を投げていた。胡桃沢は口に手をあててしばらく黙ったのち、

「んー、そうね。わかった」

と、主演俳優の申し出を受け入れる。

「せっかくだから三幕の第一場をやろう」

「っしゃあ！」

張りきる唐巣。三幕の第一場といえば……私は頭のなかの台本をめくっていく。

「夜が更けて、定家が雅也に会いに来るところから」

手が叩かれる。野鳥の効果音が流される。雅也がリフティングをはじめると、ゆらりと定家が現れる。**「まだ練習していたのか？」**定家が話しかけると、そのまま会話がつむがれる。

ふたりが、友情を育《はぐく》む場面。

マコトの出ていないシーン。

舞台セットの脇まで退いたマコトは、ふたりの演技をじっと観ていた。口元は固く結ばれている。稽古場での彼は、真面目そのものだった。

それからは順調に進んだ。

二十時を過ぎたところで、稽古は一時間早く終了する。

今日も夜までいてしまった。窓のないスタジオは時間の感覚が狂う。ずっと現場にマネージャーが張りつくのも気が引けるけど、途中で帰っても稽古は続くから、見逃したくなかった。

「お疲れさまっした〜！」「明日もよろしくっす〜！」

キャストは足早に消えていく。秋山らを囲んで飲み会だと漏れ聞こえた。制作部の人たちも、ケータリングの片付けや、床の掃除をはじめている。あっという間に熱が引いて、稽古場は寂しげな倉庫のよう。

私はパイプ椅子に座ったまま。

マコトはがらんとした舞台面に座り込んで、台本に目を落としている。ダメ出しされた部分の反芻《はんすう》だろう、ぼそぼそとセリフを呟いたり、立ち上がって動きを確認したり。誰もいないのに、誰の邪魔にもならないよう、気を遣っているふうに見えた。

ポットのお湯を捨てていた制作の女の子が、ちらちらとマコトに目をやる。早く帰ってほしそうだ。キャストが居残っている限り、施錠管理を担うスタッフは帰路につけない。

自主練習を咎《とが》めるわけにもいかず、もどかしい心持ちだろう。

若いスタッフには申し訳ないけど、付き合ってもらうほかない。

私はカバンから台本のコピーを取り出して、ページをめくりながらマコトに近づく。気配を感じたのか、マコトが上体を起こした。

「一緒に読み合わせしましょうか」

開いたのは、先ほどのシーン。


『けまりストライカーズ！ The STAGE』

◇第二幕・第三場

●効果音「観客の声援」
御所の庭。

四本の松で舞台が囲まれる（舞台転換）。

下手側に『平安オールスターズ』（柳田雅也、藤原定家、飛鳥井《あすかい》雅経《まさつね》、難波頼輔）

上手側に『チーム・ミコヒダリ』（黒装束の敵チーム四人組・アンサンブル）
センターライン奥に、手旗をもった後鳥羽天皇が立つ。

天皇「試合、はじめっ！」

●音楽入る、舞台照明変化

雅也「いくぜ、定家！」
定家「力みすぎるな、優雅に舞おう」

先攻は主人公チーム。しばらくラリーが続く。
柳田雅也が球を取りこぼして一失点。
●効果音「笛の音」

難波「だから言うたのだ。ワシは初めから、こやつの加入に反対だった」

難波頼輔が柳田雅也を睨んで、

難波「若造め、お主に何ができる！」
雅也「……すまねえ」
定家「まあまあ。切り替えていきましょう」

試合再開。しばらくラリーが続く。
敵チームの強烈なシュートが藤原定家を襲う。

難波「定家、そこだっ！」
定家「くっ……！」

一緒に練習すれば何か見つかるかもしれない。私は、天皇と雅也と定家、三人のセリフを声に出す準備をする。

だけどマコトは、息を飲みこんでから、そっと台本を床に置いた。

「マコトくん……？」

声をかけても黙ったまま。

どうしたのだろう。様子をうかがっていると、その目がみるみるうちに潤《うる》んでいった。

「ごめんなさい」

食いしばった歯の奥から、ぽつりと発せられる。

「ごめんなさい、俺、全然できなくて……」

大粒の涙がこぼれ落ちる。私は言葉に迷った。お疲れさま。大丈夫よ。頑張ってる。薄っぺらな労《ねぎら》いの常套句が、思い浮かんでは消えていく。

マコトが顔を伏せた。泣き顔を見られたくないのだろう。つややかな黒髪には、天使の輪が光っている。

きれいな髪……私は真琴を思い出してしまう。時おり、ふたりがそっくりに思える。いけない。過去を引きずるな。いま私が向き合うべきはマコトだ。壁にぶつかっている新人俳優だ。

「マコトくん」

私は、かけるべき言葉を探す。

勘違いしていた。いつも笑顔で天真爛漫《てんしんらんまん》、へこたれない精神の持ち主、何でも気持ちを表に出す……そう思っていた。だけど、マコトだってまだ十代の男の子。ひとりで思い詰めていたんだ。

私は考える。一生懸命稽古に挑んで、それでも成果があがらず悩む俳優に、マネージャーならどんな言葉を――。

「謝らなくていい」

ほとんど無意識に、私はそう言った。

「今日も諦めずに全力でやってた。ここで私は観てたよ」

建て前なんかじゃない。一時の慰めでもない。

成果が出せなくても、せめて私だけは、彼を肯定してあげたかった。

「だけど俺のせいで、みんなに迷惑かけて……」

「それでも謝ることじゃない」

私はマコトを真っすぐ見つめた。

「稽古なんだから、失敗していいの」

マコトも私をじっと見つめている。

「できないことを、できるようになるのが稽古でしょ?」

「まゆりさん……」

泣き顔が少しだけ柔らかくなる。ずっと稽古場で萎縮《いしゅく》していたのかもしれない。

「今日できなくても明日がある。きっとできる」

精神論は嫌いなはずだった。

けれど私は思う。マコトを支えているのは、まさにその精神力の強さ。これだけ苦戦を強いられても、毎日逃げずに立ち向かえる強さ。それだけは絶対に折らせたくない。

制作の女の子が、気まずそうに目線を外していた。関係ない。男が泣いたって恥ずかしいことか。マコトも私も真剣だ。本番までに結果を出せばいい。

バァアン！

突然の音に、心臓が止まるかと思った。

出どころを探ると、稽古場のドアが全開になっている。

仁王立《におうだ》ちの男——神武武士が、獲物に狙いを定めるようにこっちを睨んでいた。

「え、あ……」

一直線に、マコトに向かってくる。

狩られると思った。「男なら稽古場で涙を見せるなッ！」とか何とか怒りながら、胸倉を摑もうとする勢い。

「ちょっと、待って……！」

食い止めようとした私を、武士はするりと躱《かわ》していく。

「おい新人！」

バシィン！

武士がマコトの背中を叩いて、

「俺と飲みにいくぞ！」


交わったプラスチックの杯が、軽快な音を奏《かな》でる。

「っあーーッ！　炭酸が染みるねえ！」

一息で飲み干す武士。最寄り駅すぐのファミレスに移動した私たち三人は、ソフトドリンク飲み放題を堪能《たんのう》していた。

「頑張ってんなァ、新人！」

「はい、マコトって言います！　新しく天神マネジメントに所属しました！」

自己紹介からはじめるマコト。そう言えば、楽屋訪問のときに挨拶できていなかった。

「もちろん知ってるさァ！」

「ありがとうございます！」

武士とマコトは同い年。けれど芸歴では圧倒的に先輩後輩。体格差もすごい。身長で負けていないマコトが小さく見えるのは、筋肉量の違いだろう。

「威勢がいいな、気に入った！」

「やる気は誰にも負けません！」

「わはは、一緒に天下取ろうな！」

何だか意気投合している。胡桃沢といい、地声が大きい者同士は惹かれ合うのか。

「ほら、先輩の意見を聞けるチャンスよ」

私は時計を気にしながら、口を挟んだ。

都内に戻る最終電車はそれなりに早い。明日も十三時から稽古。現場慣れしていないマコトにファミレスでオールなんてさせたくない。

「今日の稽古……どうでしたか？」

マコトが尋ねると、

「んあ？」武士は軽い調子で、「一生懸命でよかったぞ？」

それだけ？　意外と身内には甘いタイプなの……？

「もっと役を摑めたらよいのだけど」

私は補足した。具体的なアドバイスを引き出したかった。

「なるほどねぇ」

武士は二杯目のコーラを飲み干す。彼は最初にコップ三杯のコーラをまとめて持ってきた。一歩間違えば迷惑客だ。

「難波頼輔って、どんな奴だと思う？」

「はい！　ええと……」

問われたマコトは、テーブルに出したボロボロの台本をめくる。自分が出ていないシーンまで書き込みがびっしり。

「蹴鞠が上手なおじいちゃん」

「ああ、それで？」

「もさもさの白髪で、髭《ひげ》が長くて杖《つえ》をついてて、腰は曲がってて……」

「そりゃあ外見の話さァ！」

武士がスパッと打ち切った。

「外見なんてメイクと衣装でどうにかなるッ！」

「ら、乱暴な」私は反論する。「そんなのマネキンじゃないの！」

ビジュアル重視の二・五次元舞台といえども、原作のキャラクターを忠実に演じるからこそ、舞台ならではの面白さがあるんじゃないの……？

「マネキンだなんて思ってないッス。マコト、ここからが肝心だ」

もったいぶった言い回しで、武士は続けた。

「キャラってのは、しゃべって動いて、作るもんだッ！」

拳でテーブルを叩く。いちいち大仰だ。

「外見を絵に寄せたって、魂が宿らないとハリボテさ。大事なのは、どんなふうに話して、どんなふうに動いて、どんな顔をするのか。俳優が板の上でしゃべって動くことで、初めて二次元のキャラに三次元の命が吹き込まれるッ！」

「ほうほう！」

マコトが大きくうなずく。

「だからよ、外見を似せるよりも、キャラの性格や立場、相手役との関係性を読み取って、どう魅力的に演じるかを大切にしな！」

「でも、キャラの情報が少なすぎるのよ」

難波頼輔は端役《はやく》。試合のシーンにしか登場せず、物語の核に絡んでいない。原作漫画でも見せ場らしい見せ場がない。「どんなキャラクターか？」と言われたって、「プライドが高くて口うるさいおじいさん」という印象くらい。あまり魅力は感じられなかった。

「歴史上の人物だけど、ろくに文献も残ってないし……」

史実についても調べてみた。ネットで下地を得てから、図書館に赴いて歴史書を紐解《ひもと》いた。確かに蹴鞠の達人だったらしい。経歴や官歴などを文章にまとめてマコトに渡してあるけど、演技に活かせるとは思えなかった。

「まゆ姐《ねえ》さん、固いッス」

「はぁ!?」

素っ頓狂な声が出た。誰が姐さんだ。

「大河ドラマじゃあるまいし、史実はいいンスよ」

「それは、まあ確かに……」

原作漫画もフィクションだ。いつの間にか視野が狭くなっていた。

「情報の少ないキャラ。そういう役って、やりがいあるぜ？」

悪だくみするように笑みを浮かべる。

「逆に言えば想像を広げ放題。いくらでも肉付けできるッ！」

何て自由な発想。だけど、私はその大胆さに期待を寄せて、

「それじゃあ、老人っぽく見せるのは衣装やメイクに任せて、もっと自由に演じていいってこと？」

「当ったり前ッスよ！」

老人がほしいなら老人を雇えばいい、そう言って笑った。

「でも、演出家のダメ出しでは『リアリティがない』って……」

年齢を重ねた者としての、説得力のある重みが必要なはず。

「こっちのことだろ」

武士が自身の胸に拳を当てる。

「やっ、やる気は誰にも……！」

「そうじゃねえ、マコト」武士は掌で制して、「役に、心が乗っかってないんだ。だから

セリフも動きも薄っぺらくなる。いいか、役になりきろうとするな！」

言われてマコトは唖然《あぜん》とする。

私も同じだった。マコトは、いかに藤原定家になりきるかを考えて、オーディションを勝ち抜いた。役になりきるのが、演技というものじゃないの……？

「自分が難波頼輔になりきるんじゃない」武士は断言する。「もし自分が難波頼輔だったら、あの世界でどう生きていくのか……って考えてみるんだ」

「どう、生きていくのか」

「お前は血の通った、ひとりの人間だ。舞台の上でもリアルに生きられる！」

マコトは目を閉じて黙った。

武士もそれ以上は何も言わない。

「ああ……」

ふいにマコトの口から声が漏れる。

「なんか、しっくりきました」

「だろッ？」

わかり合ったように視線を交わすふたり。置いていかれてちょっと悔しい。

役を演じるって何だろう。台本には文字情報しかない。原作のキャラクターデザインをもとに、俳優がその与えられた役を、セリフと動きで表現する。言葉にすれば単純だけど底が知れない。

でも、プレイヤーではない私にも、腑《ふ》に落ちるものがあった。考えてみれば、キャラクターに「なりきる」なんて無理な話だ。それなら逆に、もし自分がそのキャラクターだとしたら、どんなふうに生きているのか……って想像するほうが、役に近づけそう。

実践経験を積んだ俳優の演技論——勉強になる。バーでは根性論ばかり語っていたのに、深いところまで頭を使って演じているらしい。

「ほかにアドバイスがあればぜひ！」

前のめりに私が言う。拾えるものはすべてほしい。

「そうッスねえ……」

腕を組んで、くわっと目を見開いた武士は、

「自主練はやめたほうがいいな！」

と、さらに驚くべき助言をする。

「芝居は共演者と作っていけ。セリフは自分で言うものじゃなくて、相手の言葉によって引き出されるもの。お前、ひとり芝居が得意なんだっけ？」

「は、はいっ！」

「何でも自分でやろうとする癖がついてるぜ」

同じだ。胡桃沢も、癖と言っていた。

相手役と一緒に芝居を作る。なるほどとは思うけど、具体的にどうすれば……。

私もマコトも沈黙してしまう。

「それにしても」唐突に武士が言った。「喉が渇くよなあ」

最後のコーラを飲み干して、次いで水のコップも空にする。

「マコト、すまねぇが店員に水を頼んでもらえるか?」

「あっはい」

マコトは店内をきょろきょろ見回して、レジ付近に店員の姿を見つける。「すいませーん」と声をあげた。店内の喧騒《けんそう》で聞こえないのか、ポニーテールの女性店員は空のトレイを持って厨房《ちゅうぼう》に引っこみかけてしまう。

「店員さーーん、すみませーーーん!」

今度は自慢の大声で呼んだ。店員が気づいて、こちらにやってくる。

「ご注文ですか?」

「すんませンッ、水もらっていいッスか?」

氷の残ったコップを軽く上げる武士。しかし、

「申し訳ございません、当店、お水はセルフサービスとなっております」

「ああッ、そうだった! すんませン!」

武士が大げさに笑った。何だか気まずい。せっかくだからデザートでも注文しようと思

ったけど、店員は素早く離れてしまう。こんな時間でもファミレスは大忙しの模様。

「俺、水取ってきますよ」

　マコトが立ち上がるも、

「自分で行くよ。ついでにコーラも欲しいからな」

　と、武士が席を立つ。

　だけどそのまま、なぜかマコトをじっと見つめて、動きを止めた。

「何ですか、先輩？」

「ちゃんとできてるぜ」

　いきなり親指を立てて褒める武士に、きょとんとするマコト。

「今ので、わかっただろ？　それなら胡桃沢さんも文句は言わねえ」

　そうして私に意味深な視線を寄越してから、ドリンクバーに向かった。

　今のは、何……？

　何かのヒントを、私に見せた？

　引っかかる。マコトはただ店員を呼んだだけ。自然な行動だ。先輩に頼まれてすぐに動いたことを評価したのだろうか。そんなの演技と関係ない。

　コップにコーラだけを注いできた武士は、ものの十秒でそれを飲み干し、

「んじゃあ、そろそろ帰るわ」

と言って伝票を取り、ボストンバッグを肩にかけた。

「いいよ、私が出すから」

すかさず伝票をもらい受ける。少額でもタレントに奢らせるわけにはいかない。

「神武先輩」

マコトが呼び止める。

「んあ?」

「わかんないけど、やってみます。舞台の上で生きてみます!」

「期待してるぜ、天神の新人!」

大きな背中が去っていく。

「私たちも行きましょう」

私も席を立った。長居は無用。マコトには一秒だって無駄にしてほしくない。

「まゆりさん」

マコトの声は、張りを取り戻していた。

「俺は諦めません。もっとしっかり、演技と向き合います」

凛々しい顔を紅潮させながら言った。

涙の痕跡《こんせき》は、とうに消えている。

*

翌日の稽古。

今日は何かが違う。私は肌で感じていた。

スタジオの空気が淀んでいない。マコトの顔つきもいい。昨日の今日で、燃えているに違いない。

だけど肝心の見せ場はおとずれなかった。

今のところ、マコトのセリフがあるシーンは稽古していない。キャスト全員で動きの流れを確認するという進行で、明日に予定される「通し稽古《げいこ》」のための調整が中心だった。

マコトへのダメ出しで停滞しないのは助かるけど、これでは挽回のチャンスが得られない。せっかく武士にアドバイスをもらったのだから、熱の冷めないうちに実践したいはず。マコトにとって流れが悪かった。

「ミザンスの修正もできたし、アクションの精度もあげられた。いい稽古だった！」

胡桃沢が一同に言う。終了予定の三十分前。

「これで通し稽古の準備もバッチリ！　明日が楽しみだねえ～」

まずい。稽古終了の空気感。シメの言葉を言われたら即解散になる。

「やらせてください！」

マコトが演出卓の前に出た。

「余った時間で、稽古を見てほしいです。最初の試合シーンをお願いします！」

胡桃沢に向かって強く言う。

「進行に口出しすんなよ」

唐巣が冷たくあしらった。スケジュールは演出部チームによって決められる。主演が言うならまだしも、一介の新人が要求することではない。

だけどマコトは唐巣にも手を合わせる。

「お願いします。俺も皆さんと、いい芝居を作りたいんです！」

唐巣は共演者と目を合わせて、鼻で笑うばかり。キャストの理解を得られなければ、とても稽古続行なんて……。

「オッケー、やろう」

言ったのは胡桃沢。

「何か試したいんでしょ？」なぜかニヤニヤ笑っている。「ただし時間もアレだから、やるのは三回だけ」

「はいっ！」

「そんなわけで皆の衆、もうちょっといってみよう〜」

「……わかったよ。付き合ってやる」

演出家が言うのだ。唐巣も従うほかない。

こうなると話は早い。終わりのムードはさっと消えて、機敏な動きで俳優陣が配置につく。

ありがたい。稽古開始から七時間半、ようやく出番がまわってきた。いける。

昨日のマコトとは違う。武士の助言が生かせる。

聞き飽きた「**試合、はじめっ！**」の掛け声でスタート。もう何度観たかわからないシーン。俳優陣も身体に染みついているのか、実にスムーズに流れていく。マコトも安定感があって悪くない。ダンスが得意なマコトの体幹は強く、アクション部分は及第点に達したと思われる。

「**だから言うたのだ**」

問題は、セリフのある場面。

「**ワシは初めから、こやつの加入に反対だった**」

胡桃沢のダメ出しはセリフ部分に集中している。

「**若造め、お主に何ができる！**」

難波が大きく声を張って、雅也を叱り飛ばした。

……あれ？

私は違和感をおぼえる。

ちゃんと雅也を見て言ってるのに、雅也に言ってないみたいだった。

気にかかったまま、芝居は進行する。いちばんの課題部分にさしかかった。敵のシュートが定家を襲う場面。敵と相対していた難波が、勢いよく定家を見やると同時に、

「定家、そこだっ！」

ぱぁん……！

天井をビリビリと震わす、胡桃沢のクラップ。ここで芝居が止められた。

「うーん。変わってない！」

演出家はバッサリ断じた。

たちどころに「おいおい」という空気が充満しはじめる。

そんなはずはない。昨日のマコトとは違う——そう思いたかった。

だけど見学を続けた私にもわかった。

マコトの演技は全然変わっていない。

「あ、あれ……？」

小さく首をひねるマコト。

「何だよ。時間の無駄じゃないか」

唐巣が毒づいた。無理もない。

今日こそマコトの演技は上達する……そんな予感を抱いたのに。都合のいい思い込みだったのだろうか。

いや。きっとマコトも頭では何か考えている。やりたい演技の方向性も持っている。いざ実践しようにも、うまくいかないだけ。

あと一歩なんだ。私が信じなくてどうする。

「約束だからね、もう一度いくよ～」

胡桃沢が手を叩く。チャンスは残り二回。だけど私にとっては違う。三回目を観てから何か言ってもはじまらない。

私は眼鏡のブリッジを押した。見学者は、ここが最後の機会。

ファミレスでの一件を思い出す。店員を呼んだマコトの動きを、頭のなかで再生しながら、目の前の演技と比較する。

あの時、武士は「できてる」と褒めた。あれがヒントだ、きっと解決のカギになる。

「だから言うたのだ」

独り言のようなぼやき。ここは気にならない。

「ワシは初めから、こやつの加入に反対だった」

目で観ながら、耳にも意識をもっていく。

「若造め、お主に何ができる！」

声量が上がる。当然だ、彼は怒っているのだから。

でもやっぱり何か引っかかる。声の大きさは同じなのに、店員を呼んだときよりも、音がぼやけて聴こえた。

私は相手役の反応を見ようと雅也を探す。どの人だっけ。咄嗟に見つけられない。みんな同じような黒Tシャツに黒ジャージ……。見つけた。難波の目の前で膝をついている。すぐ近くにいるのに視線が迷子になってしまった。

私はハッとなる。

もしかして、相手にセリフが届いていない……？

声が拡散しているんだ。マコトの声は、誰に言っているのかわかりづらかった。

待って、一度止めて。そう願ってもDVDじゃないのでそのまま等速で稽古は進む。またあのセリフがくる。敵のシュートが定家を襲う場面。敵チームと相対していた難波が、勢いよく定家を見やると同時に、

「定家、そこだっ！」

ぱぁん。胡桃沢のクラップ。頭が追いつかないまま二回目が終わる。

「さっきと同じだねぇ～」

すがすがしいほど澄みきった声。

私は急いで、マコトの動きを振り返った。「定家、そこだっ！」こんな単純なセリフの何がダメなの。ちゃんと定家を見ながら「そこだ」と言っているじゃないか。おかしなところなんて、どこにも……。

「あっ」

そうか。わかった。

ファミレスでは、そんな動きはしていなかった……！

あの時は店員の姿を見てから、声をかけていた。今のマコトはその二つを同時に行っている。

「定家、そこだっ！」の「そこ」が何を指しているのか。球を蹴り返すタイミングのことだろう。でもマコトは直前まで敵チームのほうを向いていた。球の軌道を目で追っていない。見もしないで、いきなり定家にセリフを投げかけるのは不自然だろう。ただの段どりになっている。

「それじゃあラスト一回、いきますか」

「待ってください！」

はじめて私は稽古に干渉した。俳優たちが、スタジオの端に座った私を見る。

手招きしてマコトを呼び寄せた。唐巣が「やれやれ」と零《こぼ》したけど聴こえないふりをする。

「まゆりさん」

「大丈夫、落ち着いて」

私はマコトと目を合わせる。

「わかってる。昨日と、やり方を変えてるんでしょ？」

「そのつもりです」

「あなたは難波頼輔を、どう演じたいの？」

「血の通った、ひとりの人間として演じたい」

嚙みしめるようにそう答えた。

やっぱりそうだ。マコトなりに考えて、武士のアドバイスを実践しようとしている。それがうまく嚙み合っていないだけ。

私はマコトの、演技の嘘に気づいた。

普段の生活でできていることが、いざ舞台上だとできない。ファミレスで店員を呼ぶなんて簡単なことはできるのに、演技になると不自然な動きになってしまう。

どうやって伝えたら、その嘘は修正できるのか。演出家じゃない私にはわからない。

「おーい、早くしてくれよ。時間ないんだよ」

かったるそうに唐巣が急かした。

終了時刻まで残り五分。細かく演技についての指摘はできない。

私は考える。いま大切なのは、マコトを、血の通ったひとりの人間としてステージに立たせること。普段の生活で無意識にできていることを、そのまま舞台上の演技に持ち込ませること。

だったらもう、これしかない。

「演技しなくていいよ」

私は賭けにでた。

マコトは、ビー玉みたいな目をして驚いた。

「一回、全部忘れなさい」

「全部？　ダメ出しを？」

「違う。難波頼輔ってことを忘れるの」

正しいかどうかわからない。マコトも口をパクパクさせている。

「次の一回だけは、あなた自身として、マコトのまま舞台に立ってみて。もしあなたが、平安時代に生きていて、雅也や定家と一緒に蹴鞠をプレーしてる。その時、あなただったらどう動いて、どうしゃべるか。ただそれだけ。セリフは頭に入ってるんだから変なミスはしない」

「でも……」

マコトは迷いを見せた。当然だろう。「役を演じるな」と言っているようなもの。

芝居が壊れてめちゃくちゃになるかもしれない。余計に悪くなるかもしれない。そしたら私のせいだ。きゅうっと胃がきしんだ。

それでもいい。必要なのは変化だ。

「大丈夫、ここは稽古場。お客さんが観てないんだから、失敗したって構わない」

マコトには挑戦してほしかった。変わってないと言われるくらいなら、正解を求めて間違ったほうがマシだ。

「――わかりました」

マコトの両眉《りょうまゆ》が力強く揃う。腹を決めたように見えた。

「よし。じゃあ行ってらっしゃい」

「はいっ！」

マコトは立ち位置に戻っていく。「お願いします！」と胡桃沢に告げると、すぐに三回目がはじまった。

奇妙な感覚だった。

私はいま、変わらず椅子に座っている。だけどまるで、舞台に立ったみたいに、心が張りつめていく。

「だから言うたのだ」

セリフは同じ。だけど何かが違う。

「ワシは初めから、こやつの加入に反対だった」

若さも老いもない。あるのは感情だけ。

「若造め、お主に何ができる！」

怒鳴《どな》った。だけど声は拡散しない。マコトは雅也を見て、目の前にいる雅也だけに言葉を届けた。コマ送りのような硬さが消えて、なめらかに全身が動いている。動きとセリフに一体感が生まれた。

敵からのシュート。その見えない球をマコトの目が捉《とら》える。私はその視線を追った。弧を描いていく球の軌道を、マコトをはじめとするキャストが視線で伝えてくれる。はっきりと球が見える。

球を目で追っていたマコトが、定家に視線をうつした。定家の姿を両眼で捉えたうえで、それからセリフを放った。

「定家、そこだっ！」

きこえたのは、言葉にのった息づかい――。

呼吸がある。ひとりの人間が生きている。

マコトの演技に、命が宿った。

胡桃沢は手を叩かなかった。芝居は止められずに続いていく。シーンの終わりまで辿り着いた。

俳優たちの息切れが、物語の余熱を漂わせる。

スタジオは静かだった。全員が、胡桃沢のジャッジを待っている。

「いいじゃん」

それだけ言って、演出家は稽古を終えた。

――やった。やった。やった！

肩の力が一気に抜けていく。

すぐに片付けがはじまった。私服に着替える俳優たちをよそに、マコトが私に駆け寄ってくる。

「どうでした!?」

「うん、よかった」晴れやかな顔のマコトに伝える。「自然な感じがした」

「よかったーーーっ！」

難波頼輔を捨てたことで、ひとりの人間らしく見えた。死んだように役を演じるよりも、生き生きと自分自身でいるほうが、その場にリアリティが生まれるのだと、私は知った。

「まゆりさんのアドバイスのおかげです！」

「あなたの力よ」

演じたのはマコトだ。俳優自身の成果に他ならない。

「へへん。次の稽古では、もっと難波さんに近づける気がします！」

マコトは何かを摑んだようだった。

演技と嘘は違う。不自然さが嘘を生む。普段の生活でできること、日常で自然にやっていることを、舞台上でも大切にする。そうすることが、ひとりの人間としてのリアルな演技に結びつく。

演じるって奥深い！

マコトも、私も、まだまだ知らないことばかり。だけど今日は確かな一歩だった。

「皆さん、ありがとうございましたっ！」

マコトは残っていたキャストに頭を下げる。

「明日の稽古もよろしくお願いします！」

「声でけえよ」

そう呟いた唐巣に、いつもの棘《とげ》はなかった。


「胡桃沢さん、お手数おかけしました」

帰りがけの演出家を追いかけて、私はお礼を述べる。

「いい稽古ができたから気分上々〜」

歌うように返された。並んでスタジオの出口へと歩く。

「癖が取れてきたねえ。大事なことを摑んでくれたかな?」

「相手を見て、相手に向かってしゃべるってことですよね」

「ご名答～!」

ひとり朗読劇や自主練のせいで、相手役を無視した演技の癖が、マコトについていた。

武士に頼まれてマコトが店員を呼んだとき、大声を出したけど声は拡散していなかった。相手に向かって声をかければ、「自分に話しかけている」と気づいてもらえる。マコトは舞台上でそれができていなかった。あれでは「若造め、お主に何ができる!」と相手に言っても、声の方向と距離感がおかしいせいで、誰に向かってセリフを言ったのか、観客は見失ってしまうだろう。

「演技というものは素直に、見る・聞く・しゃべる。それだけ!」

胡桃沢が、私にそう教えてくれる。

演技には正しい順番があったのだ。敵からの球を見て、定家を見て、それからセリフを言うのが自然な流れ。目線は口ほどにものを語る。定家を目で捉えてからでなければ、「そこだっ!」なんて言えるわけがない。

「もちろん試合中だから、迅速に反応するのは当たり前だけど、自然な流れをすっ飛ばして演技したら嘘になっちゃう。フィクションだからって嘘をついたら、キャラクターは死んでしまうさ」

胡桃沢の解説を、私は聞き漏らすまいと必死になる。

できれば私じゃなくてマコトに言ってほしかった。マコトの何がダメなのか、最初からわかっていたのだろう。具体的な言葉で指導してくれれば、稽古もスムーズに進行したのに。

「もっと親切に教えたほうがよかった？」

胡桃沢が私を覗きこむ。顔に出てしまっていたようだ。

「演劇ってさあ。時間かかるのよ〜」

「は、はあ……」

いきなり何の話がはじまったのか。

「ボクに言われたことだけやってても、演技はよくならない。だから何日も稽古して、俳優が自分で摑むまで時間をかける。役に命を吹き込めるのは俳優だけなんだもん」

私は納得する。武士も同じ気持ちだったのだろう。癖に気づかせるために、あえてまわりくどいヒントを出した。

「だからこそ！」ふいに胡桃沢が振り向いて、「悩んでた俳優が覚醒《かくせい》したときほど面白い！」

両眼が爛々《らんらん》と燃えている。稽古が本当に楽しかったのだろう。つられて私も嬉しくなる。

「ありがとうございます、勉強になりました」

「そりゃよかった〜」

見学していた甲斐があった。おかげで私も、見方を変えられた。武士にもお礼を伝えよう。

「うっわ、ドシャ降りじゃん！」

外は本格的に雨だった。胡桃沢は「じゃあの〜」と言って、傘もささずに躍り出る。リュックを大事そうに抱えていたからパソコンは守りたいのだろう。びっちゃびっちゃと音を立てながら走っていった。

俳優たちが次々と外に出てくる。「うわ最悪」「傘入れて」と騒ぎながら帰っていく。折りたたみ傘を持ってきてよかった。もうすぐマコトも来るだろう。私は軒先で待つ。

「あ……」

隣に、唐巣トオルが立っていた。

目を細めてスマホをいじっている。寝不足なのか、目元に疲れが見えた。頬の肉も落ちている。

お疲れさまですと声をかけようとした時。

高慢なエンジン音が、雨音を引き裂いた。

スタジオの敷地に自動車が入ってくる。ヘッドライトで威嚇しながら、地を這《は》うように、私に横づけしてきた。前輪が大きく水を撥《は》ねる。足元が冷たい。盛大に引っかけられた。

だけど私は、車から視線を外せないでいた。

車高の低い紫色のボディ。こんな高級車を乗り回す人間、心当たりはひとりしかいない。

スモークガラス越しに視線が交わる。窓が開けられる。

「傘が——ないのかね？」

醍醐が、ぬるりと顔を覗かせた。

「くく、可哀想に。送っていこうか？」

「……結構です」

「お台場でいいなら降ろしてやるが？」

「遠慮します！」

このままテレビ局に行くらしい。スーツの腕周りが濡《ぬ》れるのもお構いなしに、醍醐は身を乗り出して、

「これから収録だよ。稽古場が遠くてかなわないな」

訊いてもいないのに、唐巣のスケジュールを告げてくる。親しげな口調が気色わるい。

「忙しいんだね……」

あえて唐巣に話しかけた。唐巣は何も応えない。鼻先の肌荒れにも気づいて、さすがに同情をおぼえる。

「当たり前だろう」醍醐は鼻を鳴らして、「これは今が売りどきなんだ。なあ？」

唐巣が小さくうなずく。意志が感じられない、命令に従うような無機質さ。

――あの子たちと同じだ。

嫌でも記憶と結びつく。私の担当した女の子たちもそうだった。メディア露出が増えて、数多くのライブをこなすうちに摩耗していった。覇気があるのはカメラの回っているときだけ。笑顔を絶やさないのはステージに立っているときだけ。

酷使された彼女たちは、いまや全員が芸能界を引退した。最初に限界を迎えた真琴とともに、誰もが、表舞台から姿を消した。

「身体を大切に。少しは、休んだほうがいい」

言うと、唐巣が驚いたような顔を向ける。

彼はまだ知らないのだろう。もし自分が途中で折れてしまったら――そうなれば「消費期限切れ」として、新しい商品と入れ替えられることを。

「ふっ、ははは！」

咆哮《ほうこう》に似た、醍醐の笑い声。

「キミに言われるとは心外だ、殺人マネージャーさん？」

「……っ！」

心臓を鷲掴《わしづか》みにされる。

視界の揺らぎがおさまらない。

「殺人？」唐巣が訝《いぶか》しげに訊く。「どういうことですか？」

「彼女はなあ、この私が育てたんだ」

「えっ、アーカムプロだったんですか？」

唐巣が私を見ても、私は醍醐から目を離せない。

「――『ミネルヴァ』は知っているか？」

その名が、元上司の口から発せられる。

「ああ、アーカムにいたアイドルですよね」

唐巣が、声をひそめた。

ミネルヴァ。鷺鳥真琴の所属した、私の担当した、アイドルグループ。

「でも、確か、その人たちって……」

言わせたくなかった。だけど私の唇は、糊《のり》で塞がれたように動かない。

「そうだ。メンバーがマンションから飛び降りたせいで、終わった」

醍醐は容赦がなかった。

「その原因は――このマネージャーにある」

お願い、これ以上はやめて。

「人殺しめ。菅原まゆりは、うちの大事な商品を壊したんだ！」

不自然なまでの大声。

私はようやく、醍醐の魂胆に気づいた。

思えば声の飛距離が長かった。視線もそうだ。私を見ているようで見ていない。わずかに通り過ぎ、私の背後に注がれている。

嫌な予感に引きずられて、振り返る。

マコトが立っていた。

「あ、ああ……」

足の力が抜けていく。

私の罪を、聞かれてしまった。

「まゆり、さん？」

瞳からは光が失われていた。かすかに震えながら、マコトは立ち尽くす。

「今度は、命を粗末《そまつ》にさせるなよ。不祥事の巻き添えを食らうのは御免だ」

後ろから煽られても、反論できなかった。頭がぐちゃぐちゃでどうにもならない。

「唐巣、乗れ」

「はい」

唐巣はマコトを一瞥《いちべつ》してから、回り込んで助手席に向かう。ドアが上に開いていく。左右逆に停めれば彼は濡れずに乗れたのに、わざわざ私と話すためにこの向きで横づけしたのか。醍醐の敵意を、私は思い知る。

マフラーから轟くエンジン音。車は側道へと走り去った。

残された排気ガスと雨の匂いが混じりあう。風が吹いて、髪が眼鏡にからまってくる。

「…………」

私は俯いて、ただ黙っていた。

マコトの顔を見られなかった。

頭がパンクしそう。醍醐の話を、どこまでマコトは理解できただろう。ミネルヴァは知っているのだろうか。アーカムの養成所にいたのだから、事件の噂は耳にしたかもしれない。

「マコトくん、私は……」

言葉を探ったけれど、それから先が続かない。

何を弁解しようとしているのだろう。醍醐の言ったことは事実だ。詳しく話して、マコトに情状酌量《しゃくりょう》を願いたいとでも言うのか。それとも昔のことだから、あなたはそんな目に遭わせないと誓いたいのか。

「……こんなに近くに」

消え入りそうなマコトの声。意を決して彼を見る。震える唇から覗いた八重歯が、鋭く光を反射した。

「こんなに近くにいたんだ。そうか、まゆりさんだったんですね」

私は瞬時に悟った。何かがおかしい。

輝きを失った両眼で、弱々しく私をとらえたまま、マコトは言う。

「姉ちゃんだよ」

「……え？」

「鶯鳥真琴は、俺の姉ちゃんだよ」

はっきりとマコトは言った。信じられないことを口にした。

真琴が、マコトの、姉。

真琴とマコトが、姉弟。

告げられた言葉は、だけどすぐに現実味を帯びていく。私の頭に、真実として染み込んでくる。

根拠は、ただひとつ。

ずっとマコトに感じていたこと。眼の輝きも、なめらかな黒い髪も、エネルギーに満ちた笑顔も——真琴にそっくりだった。

「ごめん、なさい……」

それしか言えなかった。

「帰ります」

マコトが歩き出す。私を通り過ぎていく。

「駅まで、いっ、一緒に行こう」

「ひとりで大丈夫です」

「待って、話を聞いて！」

止まることなく、マコトは大雨のなかに入っていく。雨粒がデニムジャケットの肩を黒く染める。

「風邪引くから、これ使って」

傘を差しだそうと前に出た。滝のような雨を頭から浴びる。

「行かないで、マコトくん！」

背中に向かって叫んだ。何も思い浮かばないけど、とにかく引き止めたかった。

「明日からは、俺ひとりで頑張ります」

その言葉は私だけに届いた。

声の方向も、距離感も、誤りはない。正真正銘、マコトの本音。

通じ合えたと思ったのに。

ようやくサポートできたと思ったのに。

「マコトくん、私は、お姉さんのこと……」

耐え切れずに私が言うと、「聞きたくない！」と遮られる。

「もう稽古場には来ないでください」

マコトの背中が遠くなっていく。

エントランスの明かりが落とされる。暗闇のなかに、マコトは消える。

動けなかった。後ろで制作の女の子が、扉を施錠している。何か声をかけられたけど、よく聞こえない。彼女もまた闇へと歩いていく。

どこにも明かりは灯っていない。見渡す限りの暗黒に、私は包まれる。

耳障《みみざわ》りな雨音はおさまらない。

3

カラン。

涼しげな氷の音が、胸を叩くように響いた。

「うまくいってないの？」

私は何も応えられないまま、ウィスキーを口に運ぶ。スモーキーな香りとともに喉が焼けた。

BAR「天岩戸」のスツールに、社長と並んで座っている。ほかに客はいない。これで経営が成り立つのならば、私もバーテンダーに転職したいと思った。

「……そうですね」

ロックグラスを眺めたまま呟く。まだ酔いは回ってこない。

会話が途絶える。自分から社長を誘ったのに、何て歯切れのわるさ。

東京中の静寂を集めたような空気に、私は押しつぶされそうだった。マスターはカウンターの隅で、闇に溶けながらグラスを拭いている。そこにいるのに、まるでいないみたい。

「正直」私は言った。「マコトは足を引っ張ってます」

初めての通し稽古は散々だった。

ほかのキャストは前日の調整もあって、仕上がりつつあった。キャラクター造形は豊かに、アクションシーンの精度も高まっている。

マコトはどうしたことか。光が見えたと思えた稽古は、まぐれにすぎなかったように、セリフを噛むわ、いるべき場面で出遅れるわ、凡ミスを連発。胡桃沢から「集中して!」と一喝される始末で、振り出しに戻ってしまった。

ようやく摑んだと思ったのに……。

私は演劇の恐ろしさを見せつけられた。一回できた演技が、次また再現できるとは限らない。一度ＯＫをもらっても映像みたいに記録できないから、毎日の稽古で、本番で、繰り返し正解を出せなければ、本当に芝居ができたとはみなされない。

「マコトくんの出来を訊いたんじゃないわ」

社長に言われて横を向いた。麦焼酎《むぎじょうちゅう》のお湯割りから湯気が立ちのぼる。バーらしくない飲み物だけど社長らしいオーダー。

「あなたたちのことよ」

「ああ……」

「喧嘩《けんか》でもしちゃった？」

あの日を境に、マコトは私を避けるようになった。

来るなと言われた稽古場に行って、稽古終わりに話しかけても、するりと躱されて共演者たちと帰っていく。電話は出ないしメッセもスルー。ろくに口を利いてもらえない。

朝早くに事務所の五階を訪ねると、

「俺だけの力でやってみせます」

そっぽを向いて出かけていく。

「少しだけ、話をさせてほしいの」

「菅原さん」

エレベーター前で、マコトが立ち止まる。振り返ることなく、

「近づかないでください」

その声は、私の足元に亀裂《きれつ》を走らせた。エレベーターに乗り込んでいく彼を、ただ茫然《ぼうぜん》と見送った。それきり稽古場には行けなくなった。

「……マネージャー失格ですよね」

最低限の人間関係も構築できない体たらく。

「同じのを、ダブルで」

飲み慣れないウィスキーを、無理に流し込んでいく。てっとり早く酔うためにお酒を使うなんて、失礼なのはわかっている。

今日で二ヵ月間の稽古が終わった。明日からは劇場入り。お互いの溝を埋めようにも、落ち着いて顔を突き合わせる時間はない。

こんな状況で、社長ならどうするのだろう。教えてほしいけどうまく言葉にできない。プライドなのか、恥ずかしさなのか……私は本当に迷ってばかり。

「社長はどうして、この仕事をはじめたんですか?」

「あたし?」

「何か、気になって……」

競争ばかりの芸能界で、のんびり構えられるのが不思議だった。どちらかといえば、下

町の小料理店などを切り盛りしていそうな雰囲気。

「面白いトークはできないわ」

断りを入れてから、社長はこれまでの経緯を教えてくれた。

「もともと大手事務所にいたの」

誰もが知るプロダクションの名が挙がる。

「マネージャーとしてバリバリ働いたけど、何だか疲れちゃってねえ。二年前に独立して、天神マネジメントを立ち上げた」

そうか。名刺交換したときは、設立間もないころ。

「どうして辞めちゃったんですか？」

「そりゃあ理不尽やら、不自由やら」意地の悪い目つきで、「あなたも味わったでしょう？」

私はつい笑ってしまう。笑いごとじゃなかったのに。

社長も同じなのだろうか。強者が弱者を食い物にする、芸能界のシステムに辟易《へきえき》したのだろうか。

「独立するとき、事務所にいた若い子を連れてきた。それがヤミテラス」

「えっ」私はグラスを置いて、「そんなことが許されたんですか？」

若くて前途有望なメンツを引き抜いての独立なんて、会社が黙っていないはず。背信行為と受け取られてもおかしくない。

「ええ。だって彼ら、飼い殺しだったから」

武士もコータローも磨彦もAZも、ろくに仕事をふられていなかったという。

「会社を辞めるなんてもったいないって散々言われたけどねえ。あたしは今くらいがちょうどいいよ。目の届かない子がいたら可哀想じゃない」

大手になるほど抱えるタレントの数も桁違い。不遇に放置される若手は、ざらにいる。

「それにあの子たちは問題児でねえ。最初は酷かったものよ」

まるで、我が子を慈しむような口ぶり。

「でもあたしは、可能性を感じた。才能を埋もれさせたくなかった」

彼らの活躍ぶりを思えば、社長の選択は正しかったのだろう。

目をかけられなかった若手を育てて、俳優グループとして売り出す。少数精鋭の個性派揃《ぞろ》いなら注目も浴びやすい。テレビと競合しにくい舞台方面で活動させたのも、戦略の一環に違いない。

「すごいですね……」

「四人のおかげよ。感謝しているわ」

伝わってくるのは、ヤミテラスへの信頼。

「私なんて、マネージャーとして何の実績も挙げられなかった」

「なんで過去形なのよぉ！」

社長が笑った。私は笑えなかった。

「ねえ、すーちゃん」

社長が一呼吸おいて言う。

「マネージャーの仕事って何だと思う？」

「……………」

即答できない自分がもどかしい。

マネージャーの仕事は多岐にわたる。でも、細かい業務内容を訊かれているわけじゃない。

社長は問いかけたんだ。初心を見失っている私に……。

「誰かを、照らす人になりたかった」

私は口にした。口にする資格のない言葉を。

「やりたいことがなくても、誰かのやりたいことを、応援したかったんです。夢を追って頑張る人にライトを当てて、輝く手助けをするのが、マネージャーの仕事だと思ってました」

言いながら、空々しさに襲われる。

だって私にはそれができなかった。

「すっごく素敵ね」

「そうでしょうか」

「そうよ、自信もって！」

私は社長の微笑みから逃げたくて、顔を伏せた。

「……社長はどこまで知ってるんですか？」

「どこまでって？」

「社長には感謝しています。こうしてまた、マネージャーとして働ける道を作ってくださった。だけど、どうしてアーカムプロを辞めたのか、その理由を訊かないってことは、本当は何があったか知ってるんですよね。それなのに、どうして優しくするんですか？」

アルコールで勢いづいてしまう。憂鬱《ゆううつ》なのに話していると心地よい。私はお酒の力を借りただけの子どもだ。

「言わないことは、わからないものよ」

社長は静かに返した。

「いろんな噂を耳にしたわ。ある人から、ある程度の事情も聞いてる」

「ある人って……？」

誰が私の話を社長にしたのだろう。

だけど私の疑問には答えないまま、「すーちゃん」と社長は続ける。

「どれだけ情報を仕入れたって、本人が語らなければ、あたしはそれを受け入れない。そういう意味では、あなたのこと、何も知らなかったわね。訊いてあげなくてごめんなさい」

「いえ、そんな……」

どこまでも慈悲深い。こんな人が芸能に携わっていることが、希望のように感じられた。

「私のほうこそ、隠していてすみませんでした」

後ろめたさで過去に鍵をかけて、封じ込めたくせに、知ってもらいたいと思う自分がいる。どこまでもわがままで弱い自分。だけどそれを認めてでも、私は前に進みたかった。マコトのために、過去から抜け出したかった。

「私は……」

話すことで、何かが変わるのだろうか。

「私は人殺しです」

覚悟がもてないまま告げる。社長は、次の言葉を待ってくれている。

「ひとの夢を、壊しました」

そうして私は——。

私の罪を、語りはじめた。

＊

はじまりは憧れだった。

眩しい輝きへの、憧れ。

大学三年生。就職活動のスタートラインに立った私は、企業研究にすぐさま飽きてしまう。やりたいことなんて思い浮かばない。だけど自分を探すために海外を旅したり、夢が見つかるまでフリーターを続けたりする度胸もない私は、新卒の就職戦線から脱落するのが何より怖かった。少しでも興味をもてる職種を目指そうと考えたとき、芸能界だと思いついた。

小さいころはお笑いが好きで、バラエティー番組に夢中だった。アイドルにも人並みにハマった。真剣に追いかけることもなく、流行に乗るだけのミーハーだったけど、輝かしい世界に憧れていた。テレビのなかはいつだって底抜けに明るかった。

自分が光を浴びたいとは思わない。ルックスに自信がないし、目立つのも苦手。だとしても裏側から携わることはできる。そっちの世界に行ってみよう。友人が「テレビ業界なんてブラックで斜陽だよね」と苦笑いするのを横目に、私はキー局や番組制作会社、芸能プロダクションに履歴書を送った。

いくつか内定をもらった。

業界最大手・アーカムプロダクションに入社して、マネージャーになると決めた。近い距離でタレントをサポートする道を選んだ。

一年目は、見習いマネージャー。俳優、芸人、モデル、アイドル、目まぐるしく現場をまわった。チーフマネージャーの、さらにアシスタントみたいなポジションで、タレント本人との距離は遠かった。

二年目にミネルヴァの担当になった。醍醐チーフの下で、サブマネージャーとして雑務をこなした。

会社が本腰を入れて売り出していた女性アイドルユニット。デビュー三年目、メンバーは激しい入れ替わりを経《へ》て六人。ブレイクするのか、鳴かず飛ばずか——まさに勝負の時だった。

そこで私は、鸞鳥真琴と出会った。

きれいに伸ばした黒髪がトレードマークの、二十三歳。透きとおる声で歌いながら、しなやかな身体で踊るけど、凛とした佇まいを崩さない。ライブの照明も、太陽の光も、すべての光を受けてその髪は艶《つや》やかに波打った。メンバーでいちばん大人びて見えた。

「いつか『演技派』って呼ばれたい！」

真琴は役者になりたいと言った。そのつもりで上京したのに、会社の方針でアイドルからキャリアをはじめた。最初のグループは二年で解散し、ミネルヴァの一期生として再デビューしていた。

「もう歳だよ。焦るわー」

同い年だけど、背が高いのもあって、姉のようにみえた。

「うちは輝きたい。絶対スターになるけん」

「応援する。私も真琴のために頑張るから」

「ありがとう、まゆり！」

私は、よく真琴と話した。ほかのメンバーは、雑用係とは話したがらない。

「お願い。うちを、スポットライトで照らして」

真琴が夢を語ると、私までわくわくした。彼女の声は無邪気に弾んで、どこまでも明るかった。真っすぐ進もうとする彼女が羨《うらや》ましいと思った。

――真琴を一流の女優にする。

マネージャーになって、初めてできた目標。私にも夢が生まれた。

「アイドルが嫌いってわけじゃないけど」

やりたいことじゃないと、真琴はバツが悪そうに言った。アイドルに向いている子、アイドルになりたい子はいっぱいいる、だからうちみたいな人間が「アイドルです」ってステージに立つのは、ファンの人に申し訳ない。ライブで見せる向日葵《ひまわり》みたいな笑顔とは違う、日陰《ひかげ》で朽ちた草花のような憂《うれ》いを、時おり彼女は滲ませた。

アイドル・鷺鳥真琴の、舞台裏の表情。

それは私だけが見ている素顔に思えた。

「ちょい役でもいいけん、演技させて！」

事あるごとに真琴はお願いしてきた。

「小劇場でも、最初はギャラ無しだって構わんよ。演技の経験を積みたか」

真琴は焦っていた。十八歳で上京してから五年が過ぎていた。

「ねえマネージャーさん。うちの夢を叶えてよ」

何とかしてあげたかった。

タレントの夢を叶えるために全力を尽くすのがマネージャーの役割。そう思いたかった。醍醐チーフに相談したうえで上層部にも掛け合ってみよう。真琴が好きな場所で光を浴びられるように、私は働きかけた。

会社の方針は揺るがなかった。

自社の所属タレントで構成されたグループが一旗あげれば、業界内での利権を大きく握れる。アイドル戦国時代の覇者となるべく彼女たちはフル稼働中で、メンバーが個々の活動をする余裕はない。真っ赤なスケジュール帳が厳しい現実を示していた。

それでも私は隙をみては、醍醐に相談を試みた。

「大事な時期に世迷言《よまいごと》を」

にべもなく一蹴《いっしゅう》された。

「どのような価値を与えて、どのように売り出すかは、プロの我々が決めること。伝えておけ――やりたいことを語るなら、売れてからにしろと」

タレントという素材を徹底管理し、加工商品を生産していく。その極端なまでの醍醐の方針に、私は一太刀も浴びせられない。

なけなしの勇気を振り絞って、それでも私は抗《あらが》った。

「売れれば、女優活動も認めてくれますか？」

そう言うと、醍醐は呆れ顔を浮かべた。

「価値があるのはグループであって個人ではない。そういう売り方はしていない」

絶句した。真琴に価値がないという返答に等しかった。

私は引き下がったふりをした。こうなったら是が非でも結果を出すしかない。ミネルヴァが売れれば、真琴の人気に火がつけば、状況は変わる。単純な話だ。利益をもたらす人材の意志は尊重されるだろうし、活動の幅だって広げてもらえる。私はそう自分を納得させた。

醍醐に「くだらないことを考えさせるな。仕事に集中させるのも管理者の務めだ」と言われて、その通りに従った。

真琴が売れれば問題ない。

私は取り憑《つ》かれたように、そのことだけを意識した。成果を出したうえで夢を実現する。醍醐の仕事術を余すことなく盗みながら、あちこちにミネルヴァを売り込んでいった。睡眠時間を削って、彼女たちの休みも削った。すべては真琴のため。私は無数の男たちに頭を下げ続けて、雑誌の取材や、深夜テレビのレギュラー、ライブフェスへの出演を取ってきた。任されるタスクも増えて、同僚から「三年目のホープ」と呼ばれるまでになった。ミネルヴァがブレイクするのでは……という機運が、社内で高まっていった。

「アイドルとして売れてからでも女優の道は開ける。そういう人はいっぱいいるじゃない」

私は真琴をそう宥《なだ》めることにした。

「女優じゃないけん。うちが目指すのは役者よ」

「どっちだっていい」

「うちのなかでは全然違う。女じゃなくても通用する、本物の役者になりたか」

話は脱線するばかり。誰のためにやってるんだと、彼女に苛立つこともあった。

「とにかく、目の前の仕事に集中して！」

つい声を荒らげると、真琴は驚いた顔を作ってから、視線を落として笑った。真琴を遠くに感じた瞬間だった。

大事な時期——醍醐の言う通りで、ミネルヴァには日本中をまわるライブツアーが控えていた。デビュー四年目。メディア露出が増えても、ライブの集客や、CD売り上げは伸び悩んでいる。グループの進退をかけた全国行脚がはじまった。

日に日に憔悴《しょうすい》していくメンバー。とりわけ真琴は深刻だった。ツアー中はろくに自宅へ帰れず、ロケバスで地方を巡業するなか、握手会のファン対応で消耗していった。「罪悪感よ」と彼女は語った。自分はアイドルではないと考える真琴と、アイドルとしての姿を求められる真琴。罪悪感を抱いたままファンに接するのが苦しいと訴える。考えすぎだと私が言っても、「気持ちに嘘はつけん」と微笑む彼女は、薄い膜で表情を偽っているみたいだった。

行動にも変化が現れた。メンバーとは距離をとり、楽屋でもひとり離れて座ることが多くなった。そうして四六時中、スマホにかじりつくようになる。

真琴のアンチが増えていた。ネットには「あいつファンいないだろ」「誰が推してんの?運営?」「BBAのせいでバランス悪い」「どうなりたいのかわからない」「はよ脱げや」「もう枕営業でズブズブよ」「TOと繋がってるのも有名」などと、誹謗中傷やデマが渦巻いた。

「うちって、叩かれやすいなあ」

そう独り言《ご》ちる真琴は、自ら悪意のなかに沈んでいこうとする。

「エゴサーチしないで」

私は忠告した。聞き入れられないのはわかっていた。

全国ツアーが終わると、状況は一変した。

それは予想もしない事態だった。今度は急に、現場がなくなった。メンバーに与えられた束《つか》の間《ま》の休息にしては、あまりに不穏な日々だった。

間もなくして、グループの解散が通達された。

私はメンバーを会議室に集めて、一ヵ月後の解散ライブの説明をした。メンバーからは特に声があがらなかった。心のどこかで諦めがあったのかもしれない。全国ツアーを成し遂げても反響は今ひとつ。むしろネットでは、どさ回りと揶揄《やゆ》されていた。

「以上です」

私が締めくくると、同席していた醍醐が口を開いた。

「待て。まだ伝達事項が残っている」

彼は壁際で腕を組んで、メンバーに近づこうともしない。総合プロデューサーにいたっては欠席していた。

「おい菅原」

醍醐が追い立ててくる。気を抜けば頽《くずお》れそうだった。

私は何気ない声を意識して、彼女らに告げた。

「ミネルヴァ解散をもって、皆さんとのマネジメント契約は終了となります」

六人の眼が見開かれる。すぐさま敵意が向けられる。誰かが私に襲い掛かっても不思議ではない緊迫感。

「会社の決定です」

言いたくない言い方をするしかなかった。私のような末端に後処理を任せた上層部に、私は責任を押し返す。

「クビってことですか？」

誰かが言った。誰が言ったかもおぼえていない。私の黙秘が、そのまま答えになる。

「……役者になりたい」

真琴がこぼした。

「役者として、再契約してください」

強い調子で繰り返す。

「はははは っ！」

醍醐の笑いに、私は後頭部を殴りつけられる。

「お前さ、いくつだったか？」

「二十四歳です」

「今さら遅いよ。ろくに演技の勉強もしていないだろう。研鑽《けんさん》を積んだ十代に勝てると思うのか？」

「やってみなきゃわかりません」

「旬を過ぎたら手遅れだ」

「話が違う！！！」

真琴の叫びに、私は顔面を切りつけられる。

「まゆりは、アイドルを頑張ればチャンスがあるって言った。だから今まで我慢してやってきたのに……そんなの、裏切りです！」

真琴が私を見た。反射的に顔を伏せてしまう。

「菅原、そんなこと言ったのか」醍醐が傍《そば》に近づいて、「ダメだよ、期待させること言っちゃあ」

無反応な私に、醍醐はため息をつき、解散ライブに向けて尽力しろとメンバーに命じた。

「華々しくいこうじゃないか。伝説、作ってみせろ！」

ぐっと拳をあげて鼓舞する醍醐は、大根役者だった。

その日からミネルヴァは、終わりへと向かっていく。

ライブの十日前。行われたミーティングの議題は集客について。

「今週中に、動員七割を超えたいところです」

チケットの半数が売れ残っていた。

「各自、SNSでの宣伝にも力を入れてください」

反応はない。集まった誰もが無気力にみえた。メンバーもスタッフも、ゾンビと見紛《みまが》う顔つき。

真琴だけが人間を保《たも》っていた。毅然《きぜん》とした眼差しを絶やさない。

醍醐は不在だった。解散を通告した日から、まともに顔も合わせていない。見習いマネージャーから、私はただひとりの、ミネルヴァのチーフマネージャーに「昇進」していた。全身の肌に、彼女たちの死んだ目が突き刺さる。責任という刃を向けられる。

「……何が、不服なの？」

耐え切れなくなった私は、対立を選んでしまう。

試練だと考えた。私はいま、アーカムプロのマネージャーとして試されている。言葉を選ぶ余裕などなかった。

「結果で示せばいいでしょ!?」

「まゆり……」

真琴の心配げな声で、私はいっそう、歯止めがきかなくなる。

「やりたいことをやるために、いくらでもやるべきことがありました！　だけどあなたたちは売れなかった！　解散ライブのチケット売れ残りがすべてを証明しています！　タレントは商品なんだから売れなきゃ何の価値もない！　解雇が悔しかったらチケットを完売させてください！　満員になれば、会社も『まだお金になる』と判断して、契約の延長だってあるかもしれない！　なんでその程度も考えられないの！　売れたらこんなことにはならなかった！　最後くらい話題を作ってみなさい！　注目なんていくらでも集められる！」

真琴に向かって私は怒鳴った。

「どんな手段を使ってでも、自分の価値を証明してください！」

言い終わると、まるで酔っぱらって吐いたあとのように、気だるさが押し寄せてきた。メンバーのほとんどは、俯いたり、肩を震わせたり、嗚咽《おえつ》を噛み殺している。

真琴だけが、真っすぐ、澄んだ目で私を見ていた。

長い黒髪が真っすぐ垂れている。これだけ伸ばすのに、どれだけ時間がかかったのだろう。真琴がアイドルとして生きた時間に、想像を巡らせた。

ミーティングは終了となり、メンバーはレッスンへと向かっていく。部屋を出る前に、ぽんと肩を叩かれた。いつの間にか醍醐が部屋にいた。おびただしい汗を流している自分に気づいた。

鷺島真琴が身を投げたのは、解散ライブの前日だった。

深夜に自宅マンションの屋上から飛び降りた真琴は、そのまま近隣住民の呼んだ救急車で病院に搬送され、夜が明けるころにはニュースが飛び交っていた。アーカムプロは事態の収拾に追われ、憶測が妄想へと膨らんだネットの書き込みは、とどまることなく拡散し続ける。解散ライブは真琴を外して強行されるも、マスコミが押し寄せ会場周辺は大混乱、出動した警察から勧告を受けて中断・延期となった。

真琴は一命を取りとめた。

五階の高さだったけど、茂みがクッションになって頭部は守られた。全身を複雑骨折するものの、迅速な救命処置の甲斐もあって、三日目には意識が戻った。私は面会に向かった。病院には多くのマスコミが張り込んでいた。悪人を仕留めようとする人々の群れだった。

病室は狭苦しい個室。閉め切られたカーテンの中で、四肢を白い包帯で縛られた真琴がベッドに横たわっていた。私に気づいて、わずかに首を傾ける。

「なんで、こんなことしたの？」

開口一番、私は言った。

「……動員、増えるかなと思って」

力なく応える真琴。

「うちが死んだら、ニュースで取り上げられて、ミネルヴァが有名になるやろ？　ライブさえ満員になれば、事務所もすぐにはクビにせんやろ？」

「何言ってんの……？」

「だけど、うちは死ねんかったし、ライブもダメになって、迷惑かけただけになったと」

「そんなので、うまくいくわけない」

「はは、ほんとにね」

「だいたい、真琴がいなくなったら、何の意味もない」

「いいんよ。うちは結局、アイドルとして価値がなかった」

「この……馬鹿っ！！！」

私の怒号で看護師が飛んできた。もう帰りますからと告げて、その場を取り繕《つくろ》った。

世間の目は冷たい。ネガティブな報道で注目を浴びた時点で、もう陽の当たる場所では輝けない。少し考えたらわかる……そう思ったけど、すぐに私は思い直す。

正常な判断を奪ったのは、私だ。

どんな手段を使ってでも売れてみせろ。私の言葉で、真琴は行動を起こした。

自分の命《いのち》と引き換えに、マネージャーの命《めい》を実行しようと――。

私が、彼女を追いつめた。

屋上から飛び降りさせた。

「まゆり。うち、もう疲れた」

帰り際、彼女はぽつりと吐き出した。私はドアの前で足を止める。

「約束して」

消え入りそうな声で、真琴は言った。

「うちがいなくても、まゆりは夢を叶えてね。誰かを照らす人になってね」

「無理だよ」私は背を向けたまま、「だって私は……私の夢は、真琴を……」

「約束やけん。まゆり」

「……わかった」

断れなかった。両肩に、鈍《にぶ》い痛みがのしかかる感覚。私はそれを引きずるように、病室を後にした。

面会が叶ったのは一度きり。すぐに会社から面会禁止を言い渡された。マスコミに捕まる危険があると諭されたけど、真意のほどはわからない。大人たちの思惑か、真琴が面会を拒絶したのか。それきり真琴には会っていない。退院を待って、復帰ライブと謝罪の場がセッティングされたものの、彼女は忽然《こつぜん》と姿を消した。「精神を病んで実家に帰った」と、醍醐から説明を受けた。ミネルヴァの公式サイトは削除され、事務所の所属タレント一覧からも、ひっそりと姿を消した。

「人殺しめ」

窪《くぼ》んだ眼で、醍醐が睨みつけた。演技には見えなかった。

「あれと個人的な交流があったそうだが……なぜ、タレントを物として扱わなかった？

マネジメントとは管理だ。市場の需要に従って、戦略通りに、商品を生み出していく。そのために我々マネージャーは存在する。商品に心が生まれては、うまくいくわけがない。お前は独断で、女優への道をほのめかし、曖昧な指示でライブ動員を煽った。中途半端に心を刺激すれば、追い詰められてエラーを起こすのは当然だ。……いいか、憶えておけ」

醍醐は私に言った。

「鷺鳥真琴というタレントを殺したのは、お前だ」

行き過ぎたのは、私だった。

醍醐や会社のやり方に染まり、誰よりも過激になって暴走した。

それから私は、会ったこともない社内の重役たちに呼び出される。マネージャーを解任されてデスクに回された。一日中、同僚からの好奇の視線に晒された。人殺し、殺人マネージャーと陰で呼ばれた。私は退職届を提出して、謝罪文とともに真琴に報告した。読んでもらえたかはわからない。

貯金だけはあった。お金を使う暇のなかった三年間の蓄《たくわ》えで、私は引きこもる。

誰とも関わらないで、死んだように一年間を過ごした。

＊

「すーちゃんのせいでは、ないわ」

言葉を出し尽くした私に、社長は優しく言った。

どれだけの時間が流れただろう。グラスの氷は音もなく溶けて、消えてしまった。

「いいえ、私のせいです」

あなたのせいではない。そう言ってくれるとわかっていた。きっと社長ならば味方してくれる。だからこそ、話すのをためらっていた。

嘘をついてアイドルを続けさせ、貴重な若い時間を奪い、退路も進路も断った。すべての原因は私にある。

「それでも、彼女は生きてるんでしょう。だったら人殺しとは呼ばない」

「人殺しなんです」

社長の言葉を、私は強く否定する。

「飛び降りるまで追い込んだことを、殺人と言っているのではありません。私は、真琴の人生を壊した。たとえ命が助かっても、役者を目指した鷺鳥真琴は死にました。人から夢を奪った者は、殺人者です」

人は、生きていればいいわけではない。

生きる目的を奪われていいはずがない。

役者としての真琴の人生。それは永遠に損《そこ》なわれた。タレントを物扱いしてきた醍醐に

「人殺し」と言われたとき、私はその通りだと思った。

それに――。

「彼女は、私に助けを求めていました」

飛び降りる直前。

真琴は私に電話をかけていた。

あの夜、私は音楽会社の人間と一緒に、会員制のバーでお酒を飲んでいた。お偉いさんの接待に終始していた。着信履歴に気づいたのは、午前二時のタクシーのなか。かけ直さなかった。酔いと疲れで、何もしたくなかった。明日でいいやと思った。

まさか、そんなことになるなんて思わなかった。

私は日々の業務に追われ、真琴を見失っていた。最後のSOSすらも無視してしまった。

あの時、電話に出ていたら、何かが変わっていただろうか。いまだに、何が正しかったのかわからない。

ひとつ言えるのは、アーカムプロでは、人が人を管理することが絶対視された。タレントという商品から生まれる莫大《ばくだい》な利益で、さらなるタレントを生産する。私はその先兵として働き、真琴を犠牲にした。

私が屋上まで真琴を追いやった。私が突き落としたも同然だ。

夢のなかで何度も悔やんだ。真琴が飛び降りるのを止められない私は、いなかった屋上に閉じ込められた。

「それにしても、面白いご縁ねえ」

社長が、軽快な調子で言う。

「ふたり続けて、同じ『まこと』って名前だなんて」

予想通りの感想だった。真琴について話したからには、見過ごされるわけもない。

「信じてもらえないかもしれませんが……」

私はそう前置きして、社長に真実を告げる。

「鷺鳥真琴は、マコトのお姉さんなんです」

皮肉なものだ。醍醐の悪意によって、私はそれを知ることになった。そうして埋められない亀裂が、私とマコトとの間に生じた。

「そう」

淡白な反応に、思わず社長の顔を見る。

「どうしたの？」

「や……驚かないんですか？」

社長は、すんなり受け入れるというのだろうか。

私自身、何度も考えた。事件から一年後にスカウトした子が、真琴の弟だなんて、そんな偶然あり得るのかと。マコトに出会ったとき、確かに運命を感じた。どこか真琴に似ているとも思った。同じ福岡県の出身だという点にも、私は密《ひそ》かに惹かれていた。だけどまさか、マコトの話した姉が、自分の担当したタレントだと、誰が思い当たるだろうか。

信じがたいほどの運命の悪戯《いたずら》。

そんな巡り合わせ……誰かの見えざる意思が働かない限り、起こりようがない。

「この年齢になるとねえ」社長は遠い目をしながら、「いろんなこと、すんなりと認めてしまうの。だって本当のことなんでしょう?」

「はい、それは」

「起こったことは、何も特別じゃない。だって本当にそうなんだから」

返答に窮して、ウィスキーを口に運んだ。随分と薄まって、ぬるくなっている。

姉弟であることを受け入れたからといって、何が変わるというのだろう。

私はマコトのことがわからなくなった。

天神に所属する際に、マコトは契約書を書いている。そこには本名が書かれているはずだけど、契約に関する取りまとめは社長が行ったので、私は「鸞鳥」というマコトの姓を知る機会がなかった。マコトというのも芸名だろう。鸞鳥の姓を隠したのに、姉と同じ「まこと」を名乗ったのは、なぜなのか。

お姉さんの意志を受け継いで、芸能界を目指した?

どうしてわざわざアーカムプロの養成所を選んだ？

わからないことだらけなのに、今のマコトには尋ねられそうにない。

私は社長に、思いの丈《たけ》を、吐き出していく。

「私が鶯鳥真琴のマネージャーだったと、マコトは知りました。彼はショックを受けていると思います……もう信頼関係は築けません」

光を失ったマコトの眼。哀《かな》しみに満ちた、あの眼を思い出す。

「彼をスカウトしたとき、もう一度、頑張ろうと思いました。この子には素質がある。私の手で、マコトを照らせたら、彼女との約束を果たせるんじゃないか。そう思いました。なんて身勝手な考え……マコトが弟だと知って、ようやく目が覚めました。私は、真琴を救えなかった人間。その過去は変えられない。いくらマコトを育て上げようと、私が真琴にしたことは赦されません」

マコトは、真琴への罪を思い知らせるために、私のもとに現れたのではないか。そう考えてしまうほどに、私は彼を恐れている。

「私はもう、マコトに踏み込めません。マネージャーって何でしょうか？　スターにしてやるだとか、売ってやるだとか、そう言って、人を人が管理する。人の人生を大きく左右する。何様だよって思います。一緒に仕事をするのだから、向き合わないといけないのに、真琴の家族であるマコトに、私が、私なんかが、踏みこんでいいはずがない……」

「遠くに感じているのね、マコトくんのことを」

「はい……」

「だけど家族だって、心が遠くなることもあるわ」

社長が続ける。

「他人だからこそ、近づける距離ってあるんじゃない?」

私は返事をせずに、こころのなかで反芻《はんすう》する。

他人だからこそ近づける距離。

それってどんな関係性だろう。

「探ってみて」

社長はマスターに向けて、指でバッテンをつくった。私は足元のバッグに手を伸ばすも、「あたし常連なの、ツケだから大丈夫」と意表を突かれて、財布を出しそびれる。社長にも、ひとり黙ってグラスを傾ける夜があるのだろう。

「ご馳走《ちそう》さまです。話を聞いてくださり、ありがとうございました」

「いーえー、すーちゃんを知れてよかった!」

笑顔に変わりはなかった。軽蔑されると思ったのに、まるで女子会終わりのような和やかさ。

「明日からもマコトくんを見てあげてね。彼の芝居は、もっとよくなる」

「でも、もうマネージャーにできることは……」

最終稽古は終わった。開幕まであと三日。時間は使いきったのだ。

「何言ってるの、時間はあるじゃない」

「え……?」

「映画やドラマは撮ってしまったら、あとはスタッフに任せるしかないけど、舞台はそうじゃないわ。稽古が終わっても場当たりがある。場当たりが終わってもゲネプロがある。ゲネプロが終わっても——本番初日がある」

「そんな悠長な……」

無理だ。稽古で挽回できなかったのに、本番でマコトの演技が向上するとは思えない。都合のいい希望的観測は抱けない。

「どこで変わるかなんてわからない。芝居の出来も、人の関係も」

社長は、力強く言った。マコトの俳優としての可能性も、私たちふたりの関係性も、諦めていないのだと伝わってくる。

「過去は変えられないけど。彼とは、まだ今から向き合えるわ」

4

ゲネプロが終わった。

衣装とウィッグを脱いだ俳優たちが、劇場客席で、関係者との面会をはじめる。

マコトの姿は見当たらない。楽屋に籠《こ》もっているのだろうか。

あちこちで交わされる歓談。私は客席でじっとしている。電話営業で誘った業界関係者は、結局ひとりもゲネには来てくれなかった。

招待客や記者がいなくなり、俳優たちも楽屋に戻った。にぎやかな声に代わって、掃除機の音が聞こえてくる。スタッフが黙々と、ラストシーンで舞い散った桜色の紙吹雪を吸い込んでいく。

「間もなく集合でーす」

舞台監督が楽屋に向かって叫んだ。マコトが無断で舞台に上がったのを叱り飛ばした、あの男の人。

ぽつりぽつりと集まってくる俳優たち。抜け殻のような動きで、舞台セットの段差に腰かけたり、ステージ上で胡坐《あぐら》をかいたり。肩にはタオルをかけ、ジャージやスウェット姿なのに、個性豊かなメイクは落とされていない。誰もが、役と本人の狭間《はざま》にいるみたいだった。

マコトは他の俳優たちの後ろに隠れて、様子がうかがえない。

後方扉から胡桃沢ミルクが入ってくる。階段を降りて、客席中央の演出卓についた。マイクを手に取ると、スピーカーからゴツンという音が鳴る。

「はいゲネお疲れさまー、フィードバックしまーす」

増幅された声が、淡々と響きわたる。時間との闘いなのか、最小限の言葉で、ダメ出しをまとめていく。

「さてさて難波さん」

自分が呼ばれたかのように、背筋が伸びた。

「気持ちに嘘はつかないで」

もらった言葉はそれだけだった。

どういう意味だろう。セリフに感情がこもってないように見えるってこと？　相変わらず抽象的でピンとこない。

「はいここまで！」

胡桃沢が総員を見回してから、

「たくさん稽古したから大丈夫。あとは新鮮な気持ちで本番を生きてくれ。楽しみにしてまーす！」

「「よろしくお願いします！」」

俳優たちは立ち上がり、両脇《りょうわき》の舞台袖へと散っていく。

マコトと目が合った。すぐに目を逸らされる。そのまま彼はいなくなった。

タイムテーブルは慌《あわ》ただしい。楽屋に戻ったキャストは軽食を摂ってメイクを直して再び衣装に着替えるだろう。あっという間に初日の幕は上がる。

楽屋に行くか迷って、やめておくことにした。本番前の俳優たちの聖域に、マネージャーが軽々しく入って邪魔したくない……というのは言い訳だ。逸らされた視線の冷たさを思い出す。私はとうに諦めている。どうせマコトに避けられるなら、本人の希望通り、ひとりでいさせようと思った。

客席に座ったまま、私は観たばかりのゲネプロを振りかえる。

感想は、無難《ぶなん》の一言。

キャストの頑張りは伝わってきたが、初代のトレースに思えてしまった。若々しさを前面に出しているものの、演技が薄っぺらく、一から試行錯誤して積み上げた形跡がみられない。DVDで観た初代のほうが熱量があった。せっかく生の舞台なのに、圧が感じられない。

マコトも何だか物足りない。

難波頼輔の役づくりは完成していなかった。マコトの演技と、キャラクターとの間にズレを感じる。出番が少ないのに印象も薄いから、脇役として見過ごされそう。

とはいえ、大きなミスはしていない。通し稽古みたいに、迷惑をかけないだけマシだ。

こんなものか……。

高望みしすぎた。マコトは初舞台なんだ。ここで変に私が刺激して、マイナスに戻られたら一大事。

まだ俳優として駆け出したばかり。とんとん拍子で成長できると考えるほうが甘かった。若いんだからチャンスはある。『まりステ』シリーズも続投できるなら、今回学んだことを生かして地道にやらせよう。

マコトとの関係も、時間をかければ修復できるかも……。

「客電《きゃくでん》、落としまーす」

高いところから声がした。

客席の明かりが消えて、ステージの明かりがつく。ぱっと全体が照らされたり、ちかちかとカラフルに点灯したり、ぐるんぐるんと光線が動いたり、目まぐるしく照明が切り替わる。

スタッフの調整時間に入ったのだろう。ステージの天井から真っすぐに、光が落とされた。誰もいないところに当たるスポットライト。すぐに消えて、別の場所がまた照らされる。人ひとり分の、円錐《えんすい》状の明かり。照らされた人を際立たせるための輝き。

ステージに灯る照明をぼんやり眺めながら、私は寂しさをおぼえる。

明かりのなかには誰もいない。なんて空虚な光だろう。

あそこに立っている真琴を想像した。彼女の演技する姿を、私は観てみたかった。多くの人に観てほしかった。

「誰かを、照らす人になりたかった」

マネージャーとして、私がやりたかったこと。失われた、私の夢……。

私は席を立った。ここにいてもしょうがない。会場の「東京オリオンシアター」は、十階建てのショッピングモールの最上階。劇場を出て、一階のカフェにいよう。

「ちょっとサス位置に立っててーっ！」

客席後方から叫ばれて振り返った。

「え？」

「え？」

重なる疑問の声。後ろのほう、ごてごてした機械の奥に、熊《くま》みたいなおじさんがいる。

恐らく照明家だろう。

「ごめん、間違えた」

おじさんは言った。この暗がりで、私をスタッフと誤認したらしい。

「いいですよ」私は客席階段を降りながら、「明かりに入ればいいんですよね？」

ヒールを脱いでステージによじのぼる。舞台中央に、ぽっかりと光の円ができていた。

「眩しい……」

だけど目は開けられる。私は客席側に身体を向けて、しゃんと立ってみた。

「悪いね。そのまま、一歩半だけ上手《かみて》に動いて」

「かっ、上手……！」知ってる、確か、お箸を持つほうが、あれっ、でも今は客席に対して逆だから、ええと、でも、「み、右ですか⁉」

「あなたから見て、左」

言われた通りに動くと、左肩が明かりの外に出た。

「OK。おーい！　上、直して！」

「はぁーい！」

天井からの返答で、ライトが揺れ出した。頭上で作業がはじまる。私が光の中心にくるよう、明かりのほうが左側に寄せられていく。

私は客席を見つめる。

……何も、見えない。

ステージが明るくても、ここに立つと、客席は真っ暗で見渡せなかった。

これじゃあお客さんの顔もわからない。観客にプレッシャーを感じるどころか、その視線すらも認識できないまま、俳優たちは芝居をしているのか。

知らなかった。舞台の上って、こんなに不安なところなんだ。

「すみません戻りました！」

ばたばたと女性が走って現れた。「代わります〜」と舞台上に飛び乗ってくる。私が会釈して後ろに下がると、するりと明かりのなかに入った。

私はステージ横の段を降りて、最前列に腰をおろす。交代した若い女性はアシスタントだろうか、すらりと背が高い。男性キャストの身長に近いほうが適任なのかもしれない。

「あれ……？」

女性の顔には、影が落ちていた。表情が全然見えない。

光の中心にいるのにどうして……そう思っていると、ふわっとステージ全体が少しだけ明るくなる。

たちまち顔の影は吹き飛ばされた。今度はよく見える。煌びやかな肌つやが立ち上がって、はっきりと表情が伝わってくる。

床面からの優しい明かり。ステージの前に置かれた機器が光源だった。横に伸びる、黒くて細長い装置が、上向きに照らしている。じんわりとした真っ白い光。上から降り注ぐスポットライトよりも温かみがあった。

「シュート、修正終わります」

後ろで照明家のおじさんが言うと、客席側の蛍光灯が一遍につけられた。

張り詰めた空気がほどける。のっぺりと明るくなった劇場は、まるですっぴんみたい。ステージに舞台セットが置かれ、客席が並んでいるのだけが見えて、夢から覚めたような心地になる。

「ああ、マネージャーさんだったか」

客席階段を降りてきたおじさんが、私のジャケット姿をまじまじと見た。

「すんませんね。付き合ってもらって」

「いえ、貴重な体験でした。舞台にあがったのは初めてで」

まだ胸のあたりが火照《ほて》っている。

「あの」私は尋ねる。「さっきの、何ていう照明ですか?」

「さっきの?」

「そこに横たわる機械で、下から照らしてた……」

「ああ、フットライトか」

フットライト。足元の明かり。そのまんまの名称だ。

「上からの『サス』だと役者の顔が陰るからね。『顔どり』のために、ああやって補助するんだ」

「確かに、しっかり表情が見えました」

「派手な明かりだけじゃあ照らせないのよ。いろんな角度から当てないと」

釘を打つ音が響いて、私はステージを見やる。

大きな銀色の脚立がふたつ立てられている。舞台セットの補修作業だろうか、トンカチを振る女性のそばで、屈強な男が刷毛《はけ》を動かしている。客席通路を、誘導係の人たちが行き来している。時おり「音出まーす」と言って、オペレーターが効果音を鳴らしている。舞台上でも客席側でも、多くのスタッフが働いている。

舞台を作るのは俳優だけじゃない。いろんな人間がいろんな仕事で、ひとつの舞台を支えていた。開幕に向けて直前まで、動き続けていた。

私は、何をしているんだろう――。

腕時計を確認すると、十七時過ぎ。開演まで二時間を切った。

「ご丁寧な解説、ありがとうございました」

「興味持ってくれて嬉しいよ」

指先で髭をいじりながら言った。私は頭を下げて、ロビーへ向かおうとする。

「ちなみに、このフットライトだが」

もう一度、後ろから話しかけられる。

「日本語で、何ていうか知ってるか?」

「えっ、日本語?」

急な質問に面食らった。足元の明かりじゃないの?

「ヒントをやろう」おじさんはすごく上機嫌。「ほら、浴びるって言うだろ」

ああ。わかった。

それは妙にしっくりくる、私のなかにあった言葉。

「――脚光」

＊

『ようこそおいでくださいました』

場内アナウンスがはじまると、客席から黄色い声が湧きあがった。

『開演に先立ちまして、この藤原定家からお客様に、お願いを申し上げます』

あざとい美声がつらつらと流れる。携帯電話スマートフォン時計のアラームなど音の出る機器は電源をお切りください上演中の私語やご飲食はお控えください云々《うんぬん》と、唐巣トオルが諸注意を述べていく。このちょっとした開演前のサービスだって、本来ならばマコトが任されていたはずで、いま私の隣に座る天神社長にも聴いてもらえたはずなのに……。

配役変更の忸怩《じくじ》たる思いが蒸し返される。

客席の最後列、ステージから離れた関係者席の隅っこに、天神マネジメントの一団が並んでいた。社長の奥には武士、ＡＺ、磨彦、コータローの順でヤミテラスが揃い踏み。よく全員のスケジュールが合ったものだ。

『それではごゆっくりお楽しみください』

一斉に拍手が起こる。時計を見る。開演定刻まであと五分。

社長もヤミテラスの四人も静かだった。さりげなく前かがみになって盗み見ると、一様に真剣な眼差しで前を向いている。「後輩のデビュー戦を観劇しに来た」というには物々しい。まだステージには誰もおらず、パープルとイエローの妖艶《ようえん》な明かりに照らされた舞台セットが佇むだけ。

事務所の新人がどれほどのものか、これから見定められる。

私の頭は冴《さ》えわたっていた。綯《な》い交《ま》ぜになって高まる興奮と緊張。舞台に立つのは私じゃないのに、指先の震えがとまらない。

ゆっくりと、BGMが下がっていく。

開演の予兆を感じ取った客席が張りつめる。ずらりと並んだ女性の後頭部から、期待が沸き立ってみえた。音楽にあわせて客席の照明も落ちていく。

静寂と暗闇が交わった、その刹那。

ドン！

びりびりと身体を揺さぶる爆音。ステージを照らす眩《まばゆ》いばかりの閃光《せんこう》。

幕は上がった。

舞台『けまりストライカーズ！』初日公演。

マコトの初陣。デビュー戦。

俳優たちが、役を演じる。

物語が観客に届いていく。

私は客席から観る。ただ祈り、見守る。

まだマコトは現れない。プロローグが終わってオープニングアクト。舞台全体に照射されたプロジェクションマッピングと、幽玄な楽曲にあわせて、登場人物が出揃っていく。

曲の終盤。短い尺ながら、マコトに光が当たる。マコトはすぐに去る。オープニングから第一幕に進む。定家と雅也、主人公たちの出会いから物語は紡がれる。

これが、本番初日……。

初めて観る景色だった。何度も台本を読んで、通し稽古やゲネプロを観たのに、まるで別もの。どことなく俳優たちは動きが硬いけど、強いエネルギーに満ちている。お客さんが入って本番を迎えると、ここまで進化するものなのか。

何より、観客が舞台を作っていた。時には笑い、時には息をのむ。その悦《よろこ》びの熱はステージに向かって注がれて、俳優を通して増幅し、空間全体に循環される。劇場にいる全員が一体となっていく。

物語は序盤を過ぎる。色鮮やかなレーザー照明が派手にまわった。「宮中蹴鞠トーナメント」の開戦。選手がずらりとステージに現れる。

いた。定家と雅也の奥を凝視する。色褪《いろあ》せて煤《すす》けたボロ衣装を纏《まと》った老人、難波頼輔。

オープニング以来の登場なのに、劇中で人物説明はなされない。

いま、マコトを観ている人はいないかもしれない。だけど間違いなく芝居の一部分を担っている。

試合がはじまった。そう信じて私は目を凝らす。

目まぐるしく躍動する俳優たちに観客は釘付け。最後列はステージも客席もすべてを見渡せた。

私は球の行方を先読みで辿っていく。

大丈夫。ゲネプロでミスはなかった。観客の存在も追い風になる。あとはもう熱狂の波に乗るだけ。

雅也の失点が、敵の先制をゆるす。試合がとまる。

ついにマコトの出番！

今日集まった観客が、彼を知る瞬間！

「だから言うたっ、だじゃっ……」

私の呼吸がとまった。詰まりかけた息をかろうじて吐き出す。

マコトが噛んだ……。

第一声。まだ名前も明かされていない立場で……。

私は、舞台という虚構のなかで起こった現実を、目の当たりにする。

観客の集中が切れる音がきこえた。前方から波のように伝播《でんぱ》して押し寄せる「あちゃあ」という空気。あからさまなミスは、物語に没入した者たちを連れ戻す。

「ワシは初めから、こやつの加入に反対だった」

今度は口ごもるような発声。表情にも声量にも、自信がない。

「若造め、お主に何ができる！」

大声が跳ね上がって拡散した。とても軽かった。動揺が隠せていない。ぶれぶれの演技。だけど胡桃沢のクラップは鳴らない。当然だ。これは稽古じゃない。やり直しなんてきかない一発勝負。

本番は、誰にも止められなかった。

試合のシーンは嵐のように過ぎ去った。場面が切り替わっても、ステージの上は緩んでいるように見えた。セリフの掛け合いも遅い。稽古場で観たテンポのほうが心地よかった。

マコトのミスが全体に波及して、流れを立て直せないまま、それでも物語は進行する。

「ふっ」

かすかに漏れた笑い声を、聞き逃さなかった。

後ろを見ると、後方通路の壁に男がよりかかっている。醍醐だ。薄暗いなかでもすぐにわかった。ステージ上のキャストたちを見る目は、まるで何かが出荷されていくベルトコンベアーを眺めるように冷めていて、醍醐だけが、この劇場の熱狂から遠く離れていた。

私は違う。私はもっとマコトの近くにいる。そう思いたかった。

——時間はある。

社長の言葉が頭に浮かんだ。本番中なのに、私は席から立ち上がっていた。

何か言いたげな社長を背中で受けとめながら、私は客席を抜けて、劇場扉に向かう。

醍醐と目を合わせる気はない。そんな暇はない。扉を開けて身体を滑り込ませる。真っ暗。二重扉だ。手探りでロビー側を開ける。誘導係のスタッフが近づいてくるけどお構いなしに駆け出した。ロビーの奥、トイレを過ぎて、楽屋に向かってひた走る。

幕が上がったから、タイムリミット？

幕が上がっても公演は終わってない！

いま行動しなければ、私は永遠に後悔する！

時間は巻き戻せない。もう真琴は救えない。だけど私はいまの時間に生きている。いまできることは何だってやる！

マコトをあのまま放っておけない。一言でいい。とにかくマコトと話をしよう！

楽屋口に見張りのスタッフはいなかった。私は廊下を突き進む。

「あ」

ステージから帰ってくる集団とバッティング。

マコトも私に気づいて立ち止まった。他のキャストは楽屋のほうに去っていく。

誰もいない通路でふたりきり。

背筋をピンと伸ばしたマコトは、老けメイクが板についていなかった。

「何しに来たんですか、本番中ですよ？」

「あなたこそ何してるの。集中して！」

このまま集中を欠いて本番を続ければ、もっと大きな、致命的なミスをしかねない。

「いろいろ思うところがあるかもしれないけど、舞台に立てば、あなたは別人なの。そのキャラクターを生きるのが、あなたの役目でしょう。いま一番やるべきことを、やってちょうだい」

「……一番やるべきことは、他にある」

マコトは吐き捨てるように言った。

「どういうこと、しっかりして」

私が近づこうとすると、

「俺に近づかないで！」

と、すごい剣幕で身構える。構うものかと前進して、マコトの腕を掴んで言った。

「私はマネージャーです」

「放してください」

「あなたを支える義務がある！」

「ほっといてよ！」

力いっぱい振り払われて、私は宙に舞う。まずい、足が滑ったと思ったときには肩が床に叩きつけられる。鈍い痛みがやってくるけど私は立ち上がった。右足のヒールが脱げている。拾いあげる前にマコトが走り出した。

「待って！」

すぐに後を追う。楽屋で口論するわけにはいかない、逃げ込まれるまでに捕まえなくては……もう片方の靴も脱ぎ捨ててストッキングの足で全力疾走。だけどマコトには追いつけない。

「うわっ！」「きゃっ！」

横から飛び出した人にぶつかりかける。

見ると、俳優の一人だった。楽屋はここだ。なぜかマコトは通り過ぎて、突き当たりの非常階段の扉の向こうに消えた。

いったい、何のつもり……？

私は再び追いかける。閉まりかけた非常口の扉に手をかけて、屋外に出た。鉄階段の冷たさが足裏を刺す。風も強いし、真っ暗闇。かんかんかんと階段を上る足音を追っていくと、景色が開けた。

殺風景な屋上だった。

夜空は雲に覆われている。下から漏れる街の明かりを頼りに、マコトの姿を探す。隠れる場所はなさそうだ。見つけた。奥のほうで、フェンスの前に立っている。

私たちは向かい合った。

「何で追いかけてくるんですか。放っておいてよ」

「そうはいかないの」

「時間がない、早く戻らなきゃ」

私の横を抜けて逃げようとするマコトを、両手で制した。

「時間はある」

「は?」

腕時計を確認して、わざと笑みを作る。

「次の出番まで、あと十七分を切ったところ」

唖然とするマコト。私はもう頭のなかで『まりステ』を上演できる。難波頼輔の香盤表《こうばんひょう》も、分単位で把握している。それだけ稽古を観て、憶えている。

「だから、まだ時間はある」

おかしなことを言っているのは承知していた。もし出番に間に合わなければ大変なアクシデント。それに衣装のまま屋外に出れば汚れるリスクもある。本当なら今すぐ楽屋に戻れと指示すべきところ。

だけど私たちには、この時間が必要だと思った。

時間がある以上は、有意義に使わせてもらおう。

「何がしたいんですか？　舞台に立つのは俺だ、ひとりでやるしかない」

「それでも、力になりたい」

「あんたに何ができるんだ」

「話すことは、できる」

それが私に残された、最後にできること。

「あなたに避けられて、諦めてしまっていた。だけど私はマネージャーだから、向き合うことをやめない。遅くなったけど、まだ間に合うと信じて、客席からここに来ました。……マコトくん。悩みがあって、気が散るのなら、私に話してほしい。解決できるかわからないけど、私はあなたが舞台に集中できる、最善の環境を作りたい。ほかのことを考えずに済む方法を、私は考えるから」

「ふざけんなよ！」

俯きながら叫ぶマコト。

「じゃあなんで、姉ちゃんにはそうしなかった！」

マコトは屋上を囲むフェンスを越えて、背を向けて立った。

「やめなさい、危ないから！」

マコトは動かない。衣装の袖が風にあおられてバタバタなびく。

私は眩暈をおぼえる。

この光景は知っていた。何度も夢に見た、あの屋上——真琴の後ろ姿が、視界に重なっていく。

「マコトくん！」

戻るように呼び掛けるけど、返事はない。

私はおそるおそる近づいていく。金網のフェンスは腰の高さくらいで、何とか跨げた。

下から吹き上げる猛烈な風に、思わずしゃがみこむ。

その時だった。ジャケットの両襟を握られる。そのまま引っ張られて私は立ちあがる。

何が起きたのかわからない。

襟を摑んだまま、マコトは私の上半身を、空中へと傾けている。声が出せない。マコトが手を離せば、私はビルから落下する。

「怖い？」

剝き出しになった、牙のような八重歯。

顔を真っ赤にして私を睨んでいるのは、マコトでも難波でもなく、鬼そのものだった。憎しみを煮詰めたような黒い瞳から、私は目を逸らす。

眼下には、はるか先に道路が見えた。米粒みたいな車が行き来している。十階の高さは、果てしなく地上から遠かった。

「姉ちゃんが見た景色だよ。どんなに怖くても、姉ちゃんは飛び降りるしかなかったんだ……あんたたちに追い詰められて！」

襟を巻き込んだマコトの指から、震えが伝う。

呼吸もろくにできない。私は肩にめいっぱい力をこめて、ジャケットが脱げないように踏ん張る。動揺しちゃいけない。何でもないそぶりを見せなければ、真琴に顔向けできないと思った。

「だから言ったのに」マコトが苦しげに、「近づかないで、って言ったのに」

「どういう、こと……？」

声を振りしぼって私は訊く。するとマコトは、

「俺が役者を目指したのは――あんたを殺すためだ」

真っすぐに、そう言い放った。

私を殺すために役者になった。理解が追いつかない。わからないまま、私の上半身はガクンと傾いた。

「こうなったら、もう抑えられない……」

指の力が抜かれていく。さらに私はのけぞる。ああ落ちる。そう思ったとき、硬直していた身体が不思議と軽くなった。罰、という言葉が頭をよぎる。

私の犯した罪に、罰が与えられる。

マコトが私を殺そうとするなら、私は受け入れるべきだ。いまここで死んでもいい。ありのまま受け入れよう、そう思った。

「……怖くないの？」

マコトが訊いた。彼の眼には、私がどう映っているのだろう。

「あなたがしたいことを、して」

諦めではなかった。マコトにすべてを委《ゆだ》ねたかった。

時が、流れて、いく。

ゆっくりと、街の音が、遠ざかって、いく――。

――――。

「まゆりさん」

マコトが呼んだ。

「こんな状況でも、話せるの？」

「え……？」

ビル風が吹きあがって、私の身体をおびやかした。足先はほとんど空を切っている。

「言ったよね、話すことはできるって」

切羽詰《せっぱつ》まったマコトの顔に、たくさんの言葉が浮かんでみえた。幻覚だろうか。びっしりと浮かんだようで、だけど一文字も私には読めない。

そうだ。

見失うところだった。

私は、マコトと話をするために来たんだ。

私は、マコトの言葉が、ほしかったんだ。

「もちろん」

私は応えた。まだ死ぬわけにはいかない。

「私は、あなたを知りたい」

私は求めた。まだマコトのマネージャーでいるために。

マコトは歯を食いしばり、何かを引きちぎるようにしてから、

「だったら全部話してやる。俺は——嘘つきです」

「嘘つき……?」

「復讐《ふくしゅう》のために、俺は役者になった」

大きく息を吸ってから。

マコトは、言葉を続けていった。

「ずっと寂しかった。姉ちゃんが東京に行ってから、親父も母さんも、姉ちゃんなんて最初からいなかったみたいな態度になって、姉ちゃんにメールしても、今はひとりで頑張るから連絡とりたくないって言われて、俺がごねても、いつか絶対あんたの姉ちゃんに戻るからって拒否られた。何だよ自己中な奴って、俺はムカついて連絡しなくなった。

でも、姉ちゃんを忘れるなんてできない！

ネットで検索しまくって、アーカムプロのアイドルになったのを知った。びっくりした、役者になりたいって言ってたのに……だけど俺は応援したいって思った。ミネルヴァのブログが毎日楽しみで、姉ちゃんが書いたときは暗記するまで読んだ。雑誌とか動画で姉ちゃんを見ると誇らしかった。だけど親父に、ほら姉ちゃんだよ、頑張ってるよって自慢しても、親父は、顔が一緒でどれかわからねえよって、そう言いやがった！　メンバーの顔がどれも同じに見えるって、そんなわけないじゃん、自分の娘の顔も忘れたのかよ。母さんも、いつテレビに出るのかねえって他人事《ひとごと》で、ひとつも味方してくれない。

悔しくて悔しくて……だけど俺は、大丈夫、姉ちゃんは立派に活動してる、まわりに助けてくれる人がいっぱいいる、ミネルヴァのメンバー、事務所の人たちが支えてくれるはずだって信じた。会いたいし、連絡したいけど俺は我慢した。

姉ちゃんから突然、電話がきた。

驚いた。すぐに出た。嬉しかった。だけど何もきこえない。姉ちゃんは黙ったままで、俺も何を話していいかわからない。ようやく姉ちゃんが、俺の名前を呼んで言った。姉ちゃんがいなくなって寂しいかって。

甘えちゃいけない。姉ちゃんは挫《くじ》けそうになって電話してきたんだ、俺が寂しいって言ったら、姉ちゃんの頑張りを台無しにしちゃう。だから俺は嘘をついた。寂しくない、姉ちゃんがいなくても平気だよって、元気よく強がった。姉ちゃんは、そっか、って……声が遠くなった。急に不安になって、そんなことない、姉ちゃんに帰ってきてほしいって言おうとしたら、ばいばいって、そのまま電話が切られた。

その日、姉ちゃんは飛び降りた。ネットニュースで知った。遅かった。姉ちゃんはうちに帰りたかったんだ。俺が寂しい、いつでも戻ってきなよ、俺からも親父にお願いするからさ、大丈夫だよ、って言ってたら、姉ちゃんは飛び降りなかったのに、俺は嘘をついた。嘘をついて、姉ちゃんを逃げられなくした。俺が姉ちゃんを飛び降りさせたんだ！

姉ちゃんが家に戻ってきた。俺は高校にいたから顔も見てない。そのまま姉ちゃんは部屋に鍵をかけて閉じこもった。ドアの前で何回呼んでも無視された。毎晩、姉ちゃんの部屋から、テレビの音だけがきこえた。俺は姉ちゃんに会えなくなった。

わけわかんないくらい苦しい……姉ちゃんが帰ってきたことすら認めない親父にキレて殴って、そっとしておきなさいって泣いてくる母さんにキレて怒鳴って、ああもう、俺は何なんだよ、何にもできない、できなかった、本当に馬鹿すぎるんだよ俺は！

……俺は姉ちゃんを救えなかった。言い訳はしない、それは一生引き受ける。だけど、どうしても許せないのは、そんなになるまで姉ちゃんを追いつめた連中だ！　傍にいたくせに、なんで誰も助けなかった！　人が飛び降りたのに事務所から謝罪もない！　俺は絶対にアーカムプロを許さない……アーカムに入って、マネージャーやプロデューサーを突きとめる。姉ちゃんの人生をめちゃくちゃにした奴らを……俺が殺してやる！

そのために俺は東京にきた。

母さんには家を出るって伝えた。勝手にいなくなって泣かれたら嫌だから、熱意を見せるためにひとり芝居を練習して、役者になるって言って見てもらった。母さんは泣きながら許してくれた。もう反対する気力もなかったんだと思う。

姉ちゃんにもメールした。俺は必ずドラマに出る、アーカムでのし上がってやる。返信はないけど送り続けた。姉ちゃんに言うことで自分を奮い立たせた。だけど養成所に入っても、事件のことは全然わからないし、アーカムにも所属できない。こうなったら別の事務所に入って、売れたらアーカムの偉い人とも話せる、どこかで繋がれると思って、声をかけてくれた天神に入った。

ようやく俺は動き出せた。それなのに……まさか、まゆりさんが、姉ちゃんのマネージャーだったなんて……そんなの、信じたくない。何もできない俺を、こんなにサポートしてくれて、やっと舞台にも立てるのに、どうすればいいかわからなくなった。だから顔を見ないように、近づかないでくれって、お願いしたのに……。もう俺は、いっぱいいっぱいで、舞台の上でも集中できてない、それどころじゃなくなってる、俺には、舞台に立つ資格なんてない。だったら、せめて復讐だけは遂げたい……まゆりさんを殺したい……そう思って、さっきから俺は全部しゃべってる……全部吐き出して、このまま手を離せば、復讐できる、ずっと姉ちゃんのマネージャーを恨んでた、殺してやりたかったのに、どうして……どうしてまゆりさんなんだ！　どうして俺のマネージャーになんか、なったんだ……なんで……どうして……………」

——言葉が、終わった。

風の音が戻ってくる。マコトの小刻みな呼吸を聞いて、視界も広がっていく。

状況は変わらない。私の半身は宙に浮いたまま。

マコトは一気に話した。言葉を追い越すように、感情が迫ってきた。

私の知らない、マコトのこと。

そして、私のほかに、鶯鳥真琴と、もうひとつの電話。応えられなかったSOS。マコトも、私と同じ罪を背負っていた。

はやく知るべきだった。

だけどようやく知れた。マコトが私に教えてくれた。

言葉は、受け取れた。だったら私も、言葉をマコトに届けられる。

袖口《そでぐち》から覗いた腕時計を見た。思ったより時間は進んでいない。よかった、タイムマネジメントは私の仕事……驚くほど冷静な自分がいる。

マコトは言葉を尽くしてくれた。

だから今度は私の番。受け取ったマコトの想いに、ただ私は、真っすぐに従った。

「嘘つかないで」

私は言った。

「……何が？」

マコトが一瞬たじろぐ。

「さっき私は、あなたに殺されてもいいと思った。あなたが自分を役者失格だと思うなら、私だってマネージャー失格、ううん、とっくに生きることすら失格だと思っていたから。私は真琴――お姉さんの夢を奪ってしまった。飛び降りるまで、何もしてあげられなかった。真琴がどれだけ苦しんだのか……私には、彼女の痛みを分かち合うこともできない。私の罪が消えることはない」

一度、言葉を切る。マコトの眼が、続きを促している。

「それでも私は、罪を償うよりも、その罪を抱えて前に進むことを、たったいま選ぶ。あなたの話を聞いて、あなたと向き合って、そう思った。だから私はあなたに言う。嘘をつかないで。今までの全部が復讐だなんて、そんなわけがない」

マコトの腕の力が揺らぐ。だけど大丈夫。もう私は怖がっていない。

「だってあなたは、ここまでくるのに努力を重ねた。合同プレゼンでみんなを楽しませて、『まりステ』を研究してオーディションに合格して、どんなに稽古で怒られても食らいついて、自分の頭で考えて、ここまできたじゃない。それをすべて、誰かを恨む力でやってきたと言うの？」

「そうだよ……」

マコトが言葉を返す。

「俺は、姉ちゃんの復讐のために、役者になった」

とても弱々しい。いま、私はマコトと向き合っている。ちゃんと真正面から顔を見たら、見失うことなんてない。

「いいえ、ありえない。私はずっとそばで見てきた。あなたはこの舞台に、素直な気持ちでぶつかった。言葉で嘘をついたって、こころは偽れない。自信をもって言える。あなたがここまできたのは、あなたが役者として頑張ったから。近くで見てきたマネージャーだから、私は自信をもって、そう言える」

「それでも俺は、仇《かたき》をとらなきゃいけない……」

「わかる。私にはわかった」

「何が？」

「あなたが役者を目指した、本当の目的。それは復讐じゃない。もっとその先にあった」

私は、覚悟をもって口にした。

「お姉さんを、部屋の外に出すためよね」

マコトは、黙って聞いている。

「あなたが話してくれたから気づけた。実家に戻ったお姉さんは、部屋に引きこもったんだよね？　そして部屋からは、テレビの音がきこえてたって。

お姉さんはテレビドラマが大好きだった。今もずっと、大好きなドラマだけはきっと観続けている。マコトくん。あなたはそんなお姉さんに対して、こう思った。ドア越しの声が届かないのなら、テレビを通して訴えかければいい。あなたがドラマの出演にこだわったのも、それが理由だよね。月9に出れば、自分の姿をお姉さんが見てくれる。あなたはマコトと名乗った。まるでお姉さんが活躍しているかのように、自分の姿をお姉さんに見せる。そうすればきっと想いが伝わる――かつて、お姉さんがあなたを部屋から連れ出してくれたみたいに、今度はあなたが、お姉さんに勇気を与える。外の世界に呼び戻す。マコトくん。あなたが役者を目指したのは、その夢を叶えるため」

マコトは真琴を諦めていなかった。

それは復讐よりも美しい夢だった。

「そして今は、あなた自身が、舞台に立つことを楽しいと思っている。素直にそう感じている。その楽しいという気持ちを偽らないで。鷺鳥真琴の弟じゃなくて、ひとりの役者、マコトとして、物語のなかで役を生きてほしい。演じることを楽しんでほしい！」

「俺が、楽しむ……」

真っ黒なマコトの瞳に、わずかな光を見た。私はその光を直視する。

「私には、お姉さんとの約束がある」

「え？」

「誰かを照らす人になる、その夢を叶えてほしい。あなたの夢を追い続けてほしいと、私に向かって真琴は言った」

「姉ちゃんが……」

「だから私は立ち止まれない！」

精いっぱい叫んだ。

「マコトくん！　あなたを必ず、光輝くスターにする！　だからあなたはステージに立って！　お姉さんが客席にいると思って、みんなに芝居を届けてほしい！」

ボロボロと涙がこぼれる。拭わずにマコトを見続ける。

「いま、目の前にいる人たちに、最高の演技を届けることが、お姉さんに想いを届けることに、きっと、きっと繋がっているはずだから――！」

嗚咽《おえつ》が止まらない。

もう何もしゃべれない。

私は必死に呼吸を整える。

やがて、沈黙がおとずれる。

いつの間にか、私は両の足でしっかりと立っていた。襟を掴んでいた手も離されている。話すことに夢中でわからなかった。

「……ありがとう、まゆりさん」

静かに、マコトが言った。

ビルの下から差し込む明かりが、足元から仄《ほの》かに彼を照らしている。暗いなかでも穏やかな表情がよく見える。

これは都会の人工的な光。私たちの住む、東京という営みの輝き。

なんだ。すっごい綺麗《きれい》だよ、真琴。

やっぱり私は、この明かりが好き。

「マコトくん」

手を握りしめる。冷えた指先を重ねて、冷たくても微《かす》かな温もりを感じとる。

「私たちは、同じ夢を共有してる」

「同じ夢……？」

「あなたは輝く人で、私はあなたを照らす人になる。その夢は、ひとりじゃ叶えられない。ふたりで同じ夢を追いかけましょう」

私は、自分自身にも誓うように、マコトに言った。

「はい」

マコトは返事をしてから、頭をさげた。

「乱暴なことして、ごめんなさい」

「私のほうこそ、目を逸らしてごめんなさい」

「俺、戻ります。舞台に立ちたいです」

晴れやかに言ってから、すぐにマコトが青ざめる。

「あ。でも、時間……」

私は悠々と、

「あと三分。走れば間に合う」

「ギリギリじゃん」

「でも絶対、間に合うから」

腕時計を見せつけると、ぷっと彼は噴《ふ》き出した。

「マコトくん。ひとつだけ訊いていい？」

「うん」

「本名は、何ていうの？」

「俺は、鷺鳥――」

彼は少し恥ずかしそうに、初めて聞く名前を口にした。

「教えてくれてありがとう。これからもマコトって呼ぶけどね」

「じゃあ何で訊いたんですかっ！」

「知りたかっただけ」

その名は、胸のうちに秘めておこう。私にとって、彼はマコト。私の担当する新人俳優。将来が楽しみな役者さん。

これから伸びていく、かけがえのない存在。

「行ってらっしゃい」

「楽しんできます！」

いるべき場所に、マコトは向かっていく。

私もやっと、客席に戻れる。

その前に大きく息を吸った。冷たくて気持ちいい。吸いこんだ空気は、身体のなかに溜《た》まった淀みと一緒に、外に出ていった。

マコトくん。私があなたをスカウトしたのは、あの時、可能性と運命を感じたから。

最初はわずかなものだった。それからオーディションを受けて、稽古をして、こうして舞台に挑む姿を見て、私は役者としての可能性を、巡り合えた運命を、もっとあなたに感じている。

人を惹きつけて盛り上げるエネルギー。人の心を揺さぶる真っすぐな情熱。それは役者としての華になる。もっと必ず輝ける。

運命的な出会いを超えて、あなたと運命をともにすると信じる。

私は、空を見上げた。

相変わらず、星はほとんど出ていない。

それでも雲の隙間に、三つだけ、綺麗に並んだ星を見つけた。有名なやつだ、私にもわかる。オリオン座の真ん中、三つの小さな星。

真琴。知ってる？

東京だって、星は見えるよ——。

★カーテンコール

鳴りやまない拍手に、私は身を沈める。

千秋楽。光をたたえたステージには、キャストたちが欠けることなく、一列に並んでいた。

ちゃんと終わったという安心感。

終わってしまったという寂寥感。

いろんな想いが混ざりながら、私は最後のカーテンコールを客席から見守っている。

舞台は好評で幕を降ろした。

徐々に話題を呼び、新世代の『まりステ』として、多くのファンに受け入れられたように思う。

終演後、舞台系のプロデューサーや、映像制作会社の人から名刺をもらった。「若いのに演技の幅が広いですね」「いつか主演作も観てみたいです」などと評してもらえた。具体的な仕事の案件をいただくのは先の話だろうけど、これは貴重な足掛かり。時間をかけて営業していきたい。

公演初日を境に、マコトの演技は変わった。

屋上から客席に戻ると、彼がステージに現れた。見違えるようだった。そこには難波頼輔が立っていた。

物語も後半戦、もう難波のセリフはほとんどない。表現できるのは試合中のアクションだけ。その老人は、まるで少年のように、心から蹴鞠を楽しんでいた。言葉がなくても伝わってきた。この難波頼輔という人間は、ただ蹴鞠が好きで、やり続けて、歳をとっただけ。いつまでも好きなことを楽しむ少年の心を宿したキャラクター。その本質を摑んだマコトは、蹴鞠に興じるあいだは童心にかえる難波の生き様を、ばっちり演じてみせた。

「見えないものを伝えるのが演技だよ」

初日が終わって胡桃沢は私に言った。

「外見も大事だけど、観客が観たいのはもっと奥の部分。演技に上手いも下手もない、大切なのは偽らない心だね。少しは、嘘つく癖がとれたんじゃない？」

演出家の求める水準に近づけたようだ。遅かったけど、手遅れではない。時間はあった。

ステージに立つマコトは、カッコよくはなかった。普段のほうがイケメンだろう。だけど感情を爆発させ、生き生きと動くさまは、誰よりも輝いて見えた。

心の底から演じることを楽しんでいた。

今その瞬間を生きているように見えた。

ああこれが彼なんだ。マコトの個性なんだ。

嘘をつかずに、ありのまま、飾らないで真っすぐに生きる。舞台の上でそのまま生きることが、嘘のない演技に繋がっている。

マコトはスタートラインに立てた。

荒々しいきっかけだったかもしれない。あんな経験をしなくたって、俳優として成長できる人はたくさんいる。だけどマコトも私も、どうしようもなく不器用だった。言葉を尽くすしかなかったんだと、今だから思える。

ヤミテラスの四人も、多くは語らなかったものの、楽しんでくれたのは観劇後のテンションから伝わってきた。武士も「合格だな」と言っていた。天神マネジメントの一員として認められたはず。

……以上が、表舞台での顛末《てんまつ》。

屋上での一件は、社長を含めて誰にも話していない。それはバックステージの出来事。私とマコトが表舞台のために辿った、舞台裏のお話。誰かに明かす必要はない。

すべては、マコトが輝くために。

私は裏で、これからも暗躍する。

『以上をもちまして、公演は終了となります。どなた様もお気をつけてお帰りください』

三度繰り返されたアナウンスが、ようやく拍手の波を静めていった。観客は立ち上がりながら口々に想いを漏らす。

心地よい騒がしさ。熱い余韻が溢れている。

後方出口へと向かう人の流れが押し寄せる前に、私はロビーに出た。走らず歩いて楽屋に向かう。おろしたてのスニーカーはもう足になじんでいる。あの日以来、ヒールにこだわるのをやめた。外見を取り繕うよりも、動きやすいほうが大切だから。

楽屋前。まだ人は少ない。小道具の刀を何本も抱きしめた女性スタッフが走っていく。

「菅原さん、お疲れさまです」

プレゼントボックスを仕分けていた男性スタッフが近づいてくる。手には紙袋がひとつ。

「マコトに差し入れですか?」

誰だろう。さっそくファンがついたのだろうか。

「いえ、菅原さん宛《あて》です」

「わ、私?」

びっくりして袋を覗きこんだ。マネージャーの私に、いったい誰が……。

中身を見て、私は息をのむ。

これは——こんなの、

「だ、誰が持ってきました!?」

「それが」スタッフはきまり悪そうに、「受付の子が、お名前を訊きそびれて」

私は、そのお菓子の箱を見つめる。

「食べものですし、心当たりがなければ処分します」

「マコトに渡しておいて！」

私は叫んで駆け出した。

通路を戻ってロビーに出る。大混雑のロビーを必死に見渡す。それらしい姿は見つからない。一《いち》か八《ばち》か、劇場を出てエレベーターに乗り込む。相乗りした女性客たちが頬を紅潮させて感想をまくし立てる。はやく一階まで降りてほしいと願うも、途中で買い物客が乗ってきたりでタイムロス。ようやく地上に飛び出した私は駅に向かう。通り過ぎる人たちにも目を光らせながら全速力。スニーカーを買って正解だった。さっそく役に立つなんて。

そんなはずがない。

信じられない。

だけど、はち切れんばかりの期待に、胸が高鳴る。

駅はJRとメトロに分かれていた。直感でJRを選択。東京の電車は複雑だと嫌って地下鉄に乗りたがらなかったのを思い出した。私は走る。思い違いであってもいい。改札めがけて走り続ける。

奇跡は起こった。

改札の手前、路線図を見上げる女性が目に留まる。

ショートヘアーの、初めて見る髪型。真新しい藍色《あいいろ》のロングコート。

それでも見間違えるはずがない。

髪型が変わっても。服装が違っても。

どれだけ、その背中を探していたか。

「真琴……」

追いつきたかった背中が、目の前にあった。

「観に来てくれてありがとう」

言いたいことはたくさんあった。それらを全部押しのけて、口にしたのは感謝の想い。

「LINE、読んでくれたんだ」

マネージャー復帰の報告。返ってくるはずがないと思って送ったメッセージ。ちゃんと届いていた。

「便利よね、既読にならない機能」

「はあ⁉」

「今どき、音信不通になるほうが難しいけん」

久しぶりに会って何てことを言い出すんだと、私は笑ってしまう。懐かしい、透きとおった声に泣きそうになる。

本当に——大好きな友だち。

彼女はもう路線図を見ていない。姿勢を正して、背を向けたまま、

「見逃したくなかった」

と、静かに言った。

「初舞台は一度きりやけんね」

ああ。そうか。

弟の頑張る姿が東京にある。その理由だけで十分なんだ。それだけで彼女は、外の世界に出られるんだ。彼の目的は達成できたんだ。

真琴は、マコトを見ていたんだ——。

私のなかで、すべてが繋がった。偶然や運命という言葉で納得してきた、奇妙な点と点が結ばれていく。

「ありがとう真琴。何で気づかなかったのか、不思議なくらい」

「何の話と？」

「天神社長に私を紹介したのも、マコトと引き合わせたのも、真琴でしょう？」

私は真琴に、マコトのマネージャーになったとまでは言っていない。あの劇場にいることと自体、知られていない。名前が表に出ないマネージャーへの差し入れなんて、関係者しか贈りようがないじゃないか。

天神社長は言っていた。私の事情を「ある人から、ある程度」聞いていると。それは真琴だったのだ。真琴が社長に連絡をとり、私をマネージャーに復帰させるようにお願いした。そのうえで、アーカムプロの養成所にいたマコトを、合同プレゼンで私に引き抜かせた――そう考えれば、辻褄《つじつま》が合う。マコトの契約書類を私に見せなかった社長は「共犯者」だ。なかなかの食わせ者……バーで真琴の話をしても、素知らぬ顔だったのに。だけど私には、それが社長の優しさだったとわかる。

マコトからのメールも、真琴は読んでいたのだろう。復讐のためアーカムプロに入り込もうとする弟を、誰よりも心配したはず。だからこそ彼女は動いた。実家の部屋に閉じこもったまま、私たちに働きかけた。

私が自分の推測を伝えると、彼女は言った。

「弟はアーカムプロには所属できん。あいつらが好きなんは、聞き分けの良い即戦力やけん。弟の良さがわかるわけない」

真琴も私と同じだった。マコトの素質を信じている。

「だから、信頼できるマネージャーに任せたい。まゆりなら、絶対あの子を選ぶと思うたよ」

言葉が溶けながら私に染み込んでくる。

運命の出逢《であ》いじゃない。神さまの悪戯でもない。

真琴が、マコトを私に託してくれたんだ。

「弟を、よろしく」

顔を伏せたまま、真琴が歩き出す。

「待って。マコトには会ってくれないの？」

改札へと向かう彼女を呼びとめる。

「せめて、一目でも……」

真琴は改札を通って立ちどまった。邪魔そうに人々がよけていく。

「お芝居、楽しかった。この余韻のまま帰りたいけん」

「そっか……」

引き止められないと思った。そのまま見送ろうと決める。

「いつか、共演したいね」

澄みきった声だった。

「あなた。役者になるの……諦めてないんだ」

「当たり前よ。まだ、はじめてもないとぉよ？」

真琴の夢は続いていた。詳しく聞きたくなるけど思いとどまる。そうだ。もう私は真琴のマネージャーじゃない。今は、一ファンとして見守りたい。

「真琴。約束する。彼が一流の俳優——いいえ、役者になるのを、私がマネジメントする」

「うん。マコトを、スポットライトで照らしてね」

ああ。それはいつかの約束。

私は同じ答えを口にしかけて、

「必ず照らすけど、私の役目は……フットライトのほうがいい」

と言った。

「何それ？」

「脚光っていうの。地味で目立たないけど、表情がよく見える」

私のなかで、じんわりとした真っ白い光があふれた。

優しくて温かい。見えるものすべてが鮮やかになっていく。

くすっと、笑う声が合図だった。真琴が歩いていく。ホームに向かう階段を上がっていく。

真琴がいなくなっても、人は絶えず往来し続ける。

スニーカーの足裏が硬い。ここは確かな地上だ。

私は夢のなかの屋上から、降りられた気がした。


劇場に戻っても、まだ会場は混みあっていた。物販に並ぶ列は途切れず、てんやわんやのロビースタッフ。冷めない熱狂が渦巻いていた。

楽屋前も関係者で賑わっている。衣装を脱いだ白Tシャツ姿のマコトを発見。ケータリングコーナーで、一心不乱に『ひよ子』を頬張っていた。

「千秋楽、お疲れさま」

「まゆりさん、これ美味しいですよ！」

もごもごと動く口のなかに、原形をとどめていない雛鳥《ひなどり》の姿を垣間《かいま》見る。ばっちい。

「東京のパチモンじゃなくて、ちゃんと福岡のやつ！」

自慢げに、破ったパッケージの包装紙を見せてくる。可愛らしい黄色いイラストと、博多《はかた》名菓の文字。姉からの差し入れとは気づいていない。

「別に、東京のだってパチモンじゃないから……」

「ガキのころよく食べてたんですよーっ、大好き！」

膨れたほっぺが微笑ましかった。マコトはすっかり役が抜けていた。疲労もメイクと一緒に洗い流されている。

「そういえば、どこ行ってたんですか？」

「うん、ちょっとね」

真琴が観に来たことは、教えないと決めていた。

今日が最後のチャンスではない。ふたりの再会は、もっと大きなステージがきっとある。マコトと真琴。ふたりの夢は続いているのだから。

「まゆりさんも、どうぞ！」

包みを破いて、ひとつ差し出される。上目遣いのつぶらな瞳。受け取って頭部をかじる。

「あっまい！」

渇いた喉に、あんこが押し寄せる。甘いものなんて随分と食べてなかった。お菓子を食べる余裕くらい、常に持っていたいものだ。

「そうだ。打ち上げに行く前に」

私は喉を整えて、カバンから書類を取り出して渡した。

「これって……」

「次のオーディション。小さいけど、短編映画の主演」

「うおおおっ、やったああ！」

私は矢継ぎ早に、応募要項を説明していく。

千秋楽は終わりじゃない。次の挑戦がはじまっている。私たちはもっと上を目指す。マコトと一緒に、前を向いて歩み続ける。

「というわけで、よろしく」

「絶対受かってみせます！」

相変わらず、根拠のない自信。どこからそんなに……と思ったけど訊くのは野暮だ。戦略は私が立てるから、ありのまま素直に、楽しんでくれたらいい。私にも、マコトに対する妙な自信が芽生えつつあった。きっと大丈夫。そのままいこうと私は思う。

俳優とマネージャー。相手の人生に深く関わる者同士。ふたりの夢をひとつに重ねる者同士。

きっと家族よりも、誰よりも、お互いを知ることができる。

誰よりも彼を理解して、多くの人に魅力を知ってもらうため、そばで支えるのが私の役目。マネージャーとしての道。

いい夢が見られそうだ。

脚光を浴びるマコトの姿を、私は思い描く。

あとがき

この本を手に取ってくださった皆さまへ。

マコトを見つけてくれて、ありがとうございます。


これは天真爛漫《らんまん》な新人俳優のマコトと、猪突《ちょとつ》猛進なマネージャーの菅原《すがわら》まゆりが、ともに力を合わせて夢を追う物語です。

僕は舞台演出家として、多くの若手俳優に出会いました。

「もっと彼らの魅力的な姿を知ってほしい！」

ステキな俳優たちを、間近で見てきたからこそ書けるものがあるはず——そんな想いから、『星と脚光』は生まれました。

オーディションや稽古場、ステージの裏側など、客席からは見えないところにも、熱いドラマがたくさんあります。マネージャーとの二人三脚で歩むスターへの道を、見守ってくれたら嬉しいです。


マコトはデビューしたばかり。まだまだこれからの俳優です。

どんなに魅力的な俳優であっても、暗がりでは輝けません。
誰かが見つけて、見られて、初めて輝くことができます。
フットライトを照らすのが、マネージャーの役割なら。
スポットライトを照らすのは、観客の皆さんなのです。

これからもっとマコトは輝いていくと思います。
これからもっとまゆりは彼を照らすと思います。
ふたりの成長と活躍を、応援よろしくお願いします。
マコトという一人の俳優が、あなたの推《お》しになれますように。

松澤くれは

本書は書き下ろしです。

〈著者紹介〉
松澤くれは（まつざわ・くれは）
1986年富山県生まれ。早稲田大学第一文学部演劇映像専修卒業。演劇ユニット〈火遊び〉代表。舞台脚本家・演出家として、オリジナル作品をはじめ人気小説の舞台化を数多く手掛ける。著作に『りさ子のガチ恋♡俳優沼』『鷗外パイセン非リア文豪記』（ともに集英社文庫）などがある。

星《ほし》と脚光《きゃっこう》
新人俳優《しんじんはいゆう》のマネジメントレポート

2020年9月15日　第1刷発行　　定価はカバーに表示してあります

著者……………………………松澤《まつざわ》くれは

発行者…………………………渡瀬昌彦
発行所…………………………株式会社 講談社
〒112-8001 東京都文京区音羽2-12-21
編集03-5395-3510
販売03-5395-5817
業務03-5395-3615

本文データ制作……………講談社デジタル製作
印刷…………………………豊国印刷株式会社
製本…………………………株式会社国宝社
カバー印刷…………………株式会社新藤慶昌堂
装丁フォーマット…………ムシカゴグラフィクス
本文フォーマット…………next door design

ISBN978-4-06-520790-1　N.D.C.913　296p　15cm

講談社
タイガ

バビロンシリーズ

野崎まど

バビロン　I
—女—

イラスト
ざいん

東京地検特捜部検事・正崎善《せいざきぜん》は、製薬会社と大学が関与した臨床研究不正事件を追っていた。その捜査の中で正崎は、麻酔科医・因幡信《いなばしん》が記した一枚の書面を発見する。そこに残されていたのは、毛や皮膚混じりの異様な血痕と、紙を埋め尽くした無数の文字、アルファベットの「F」だった。正崎は事件の謎を追ううちに、大型選挙の裏に潜む陰謀と、それを操る人物の存在に気がつき!?

講談社タイガ

井上真偽

探偵が早すぎる（上）

イラスト
uki

父の死により莫大《ばくだい》な遺産を相続した女子高生の一華《いちか》。その遺産を狙《ねら》い、一族は彼女を事故に見せかけ殺害しようと試みる。一華が唯一信頼する使用人の橋田《はしだ》は、命を救うためにある人物を雇った。それは事件が起こる前にトリックを看破、犯人(未遂)を特定してしまう究極の探偵！　完全犯罪かと思われた計画はなぜ露見した!?　史上最速で事件を解決、探偵が「人を殺させない」ミステリ誕生！

講談社
タイガ

井上真偽

探偵が早すぎる（下）

イラスト
uki

「俺はまだ、トリックを仕掛けてすらいないんだぞ!?」完全犯罪を企み、実行する前に、探偵に見抜かれてしまった犯人の悲鳴が響く。父から莫大《ばくだい》な遺産を相続した女子高生の一華《いちか》。四十九日の法要で、彼女を暗殺するチャンスは、寺での読経時、墓での納骨時、ホテルでの会食時の三回！　犯人たちは、今度こそ彼女を亡き者にできるのか!?　百花繚乱《ひゃっかりょうらん》の完全犯罪トリックvs.事件を起こさせない探偵！

講談社タイガ

凪良ゆう

神さまのビオトープ

イラスト
東久世

うる波《は》は、事故死した夫「鹿野《かの》くん」の幽霊と一緒に暮らしている。彼の存在は秘密にしていたが、大学の後輩で恋人どうしの佐々《ささ》と千花《ちか》に知られてしまう。うる波が事実を打ち明けて程なく佐々は不審な死を遂げる。遺された千花が秘匿するある事情とは？機械の親友を持つ少年、小さな子どもを一途に愛する青年など、密やかな愛情がこぼれ落ちる瞬間をとらえた四編の救済の物語。

講談社
タイガ

閻魔堂沙羅の推理奇譚シリーズ

木元哉多

閻魔堂沙羅の推理奇譚

イラスト
望月けい

俺を殺した犯人は誰だ？　現世に未練を残した人間の前に現われる閻魔《えんま》大王の娘——沙羅《さら》。赤いマントをまとった美少女は、生き返りたいという人間の願いに応じて、あるゲームを持ちかける。自分の命を奪った殺人犯を推理することができれば蘇り、わからなければ地獄行き。犯人特定の鍵は、死ぬ寸前の僅かな記憶と己の頭脳のみ。生と死を賭けた霊界の推理ゲームが幕を開ける——。